Franz Pocci · Lustiges Komödienbüchlein 6

ULRICH DITTMANN, Dr. phil., geboren 1937 in Berlin, studierte in München und Durham (England) deutsche und englische Literaturgeschichte, promovierte über Thomas Mann und unterrichtete ab 1966 an der Münchner Ludwig-Maximilians-Universität Neuere Deutsche Literatur. Dittmann ist seit 1975 Bandherausgeber der Historisch-kritischen Gesamtausgabe der Werke und Briefe Adalbert Stifters, er verfasste einen Kommentarband und gab als Co-Editor sechs Textbände heraus. Ulrich Dittmann ist Vorstand der Oskar Maria Graf-Gesellschaft e. V., München.

Franz von Pocci
Schriftsteller · Zeichner · Komponist

Werkausgabe in Verbindung mit
der Bayerischen Staatsbibliothek München,
dem Literaturarchiv Monacensia der Stadt München
und der Internationalen Jugendbibliothek München

Herausgegeben von
Ulrich Dittmann, Waldemar Fromm und Wilfried Hiller

Abteilung I
Dramatische Dichtungen
Band 7

edition monacensia

Franz von Pocci
Lustiges Komödienbüchlein

Sechstes Bändchen · Nach der Erstausgabe von 1877

Herausgegeben
von Ulrich Dittmann

Die Edition dieses Bandes wurde ermöglicht
durch die freundliche Förderung von Christian Klausenberg, München

Herausgeber und Verlag danken Frau Dr. Barbara Krafft für ihre
wissenschaftliche Beratung und die kundige Durchsicht des Kommentars

edition monacensia
Herausgeber: Monacensia
Literaturarchiv der Stadt München
Dr. Elisabeth Tworek

Weitere Informationen über den Verlag und sein Programm unter:
www.allitera.de

Bibliographische Information der Deutschen Bibliothek

Die Deutsche Bibliothek verzeichnet diese Publikation
in der Deutschen Nationalbibliographie;
detaillierte bibliographische Daten sind im Internet
über <http://dnb.ddb.de> abrufbar.

November 2011
Allitera Verlag
Ein Verlag der Buch&media GmbH, München
© 2011 Buch&media GmbH, München
Umschlaggestaltung: Kay Fretwurst, Freienbrink
Herstellung: Books on Demand GmbH, Norderstedt
Printed in Germany · ISBN 978-3-86520-411-0

Inhalt

Zur Erinnerung an Franz Pocci. Von Hyacinth Holland XIII

Undine, die Wassernixe. 1

Casperl in der Zauberflöte. 39

Die Erbschaft. 77

Schuriburiburischuribimbampuff oder Casperl als Bergknappe. 99

Der gefangene Turko. 123

König Drosselbart. 141

Anhang

Die lustigen Komödienbüchlein 169

Lustiges Komödienbüchlein · Sechstes Bändchen 173

Editorische Notiz 186

Bibliographie 187

Gegenüberliegende Seite: Titelblatt der Erstausgabe von 1877

Lustiges Komödienbüchlein

von

Franz Pocci.

Sechstes Bändchen.

München.
Druck und Verlag von Ernst Stahl.
1877.

Zur Erinnerung an Franz Pocci.

XIII

Diese, in den vorliegenden sechs Bändchen enthaltenen dramatischen Dichtungen unseres nun heimgegangenen Grafen Franz Pocci entstanden alle für das Münchener Marionetten-Theater. Sie entsprachen den Bedürfnissen und der Leistungsfähigkeit desselben und wurden ihm so zu sagen auf den Leib geschrieben. Sie gingen alle über die Bretter dieser Bühne und bewiesen sich immerdar als zugkräftig und wirksam.

Das genannte kleine Theater hat eine eigene Geschichte, welche hier füglich erzählt werden darf.

Bekanntlich führte der Generalmajor Karl Wilhelm von Heydeck nicht allein in Spanien und Griechenland das Schwert, sondern in seinen stillen Stunden auch den Stift des Zeichners und den Pinsel des Malers. Eine große Anzahl interessanter Genre- und Schlachtenbilder existiren von seiner Hand. Zu seines Herzens und seiner Freunde Belustigung schuf derselbe ein allerliebstes Miniatur-Theater, welches, mit allen technischen Requisiten versehen, nicht allein das vollendete Abbild einer großen Bühne, sondern in der ganzen Ausstattung und Scenerie ein wahres Kunstwerk von des Malers eigner Hand war. Darauf agirte er mit den zierlichsten Puppen sowohl die eigenen Kinder seiner poetischen Laune, als auch die dazu verfaßten Dichtungen seiner Freunde.

Allein die Lust und Liebe verrauschte daran und bald stand das zierliche Ding bestaubt und vergessen in einem Winkel seines Hauses, bis er es eines Tages an einen Käufer losschlug. So kam es in die Hände des Vereins-Actuar Herrn Jos. Schmid, der mit ähnlichen Künsten schon Manches geleistet und gebastelt hatte.

Nichts war natürlicher, als daß der neue Besitzer sich nach tauglichen Stücken umsah. Aber da war guter Rath theuer. Die Lustspiele, welche in Heydeck's Hause über diese Bretter gegangen waren, entzogen sich, als zu familiärer Natur, größtentheils der Benützung für ein größeres Publikum. Von der früheren und älteren Literatur dieses Genre's schien wenig brauchbar. Die ganze Ausbeute reduzirte sich schließlich auf die Simrock'sche Bearbeitung des Dr. Faust. So faßte Herr Jos. Schmid ein Herz und wendete sich an den, als Jugendschriftsteller so wohlbekannten Grafen Pocci. Umgehend kam mit einem Briefe aus Ammerland (vom 17. Sept. 1858) freudige Zusage. »Allerdings, schrieb der immerdar ebenso bereitwillige wie bescheidene Dichter, fehlt so Etwas in München für die Kinderwelt. Meine geringen Kräfte stehen zu Ihren Diensten, insoferne Sie dieselben gebrauchen wollen. Jedenfalls dürfte es darauf zunächst ankommen, der Jugend nur Gesundes und Frisches zu bieten, da eine etwa superfeine Sentimentalität ebenso schädlich auf die Gemüther wirkt als die Rohheit des Dult-Casperl, dem ich aber stets selbst als der aufmerksamste und theilnehmendste Zuschauer angehöre.« Als Graf Pocci bald darauf nach München kam, war er nach einigen Conferenzen mit dem Unternehmer schon so Feuer und Flamme für die Sache, daß er nicht nur ein eigenes Stück in baldige Aussicht stellte, sondern auch seine Freunde und Bekannten auf das Lebhafteste dafür zu interessiren wußte. Unter den poetischen Liebhabern, welche auf diesen Altar Thaliens ihre dramatischen Erzeugnisse opferten, befanden sich außer dem Freiherrn von Gumpenberg der Herr Hofmedikus Dr. Ludwig Koch, ferner der trotz den ernstesten Studien doch der Poesie immer holdgesinnte, leider schon am 16. Februar 1862 verstorbene Physiolog Dr. Emil Harleß.

Alsbald hatte Graf Pocci das romantische Zauberspiel von »Prinz Rosenroth und Prinzessin Lilienweiß« vollendet, womit schon am 5. Dezember 1858 das Marionettentheater eröffnet wurde. Das Stück steht deßhalb auch an der Spitze des »Lustigen Komödienbüchlein«. Nur fehlt daselbst der

Prolog,

welchen der Dichter eigens zu dieser Gelegenheit verfaßte. Er mag hier zur Vervollständigung folgen. Die dabei betheiligten Personen reduziren sich auf das »Münchner-Kindel«, das uralte Wappenbild unserer Stadt, und den Casperl. Als Decoration erschien im Hintergrunde die Stadt München.

Das Münchner-Kindel tritt auf und spricht:

Verehrtes Publikum, versammelt Groß und Klein,
Willkommen seid, die Ihr hier tretet ein,
Wo eine Welt im Kleinen ich erbaut,
Darin Ihr Manches wie im Spiegel schaut!
Ihr kennt mich doch? Schaut meine Tracht nur an;
Uralt bin ich, doch nur ein Kind, kein Mann,
Wie man mich seit uralter Zeit schon nennt:
»Das Münchner-Kindel« macht sein Compliment
Und bringt euch Märlein und Geschichten allerhand
Und Schwänke – was es immer irgend fand.

Daraus Ihr möget weidlich Nutzen zieh'n,
Zu lernen Gutes thun und Böses flieh'n.
Euch, kleinen Münchnern, sei's zunächst geweiht,
Wenn sich ein buntes Bild an's and're reiht.
Paßt nur hübsch auf, spannt Aug' und Ohr,
Wenn sich zum Schauspiel öffnet dieses Thor:
Bedenkt's wenn ich im Ernste Euch belehre,
Und lacht hellauf, wenn ich den Scherz beschere.
Wie dieses Spiel zieht's Leben auch vorüber,
Bald ist der Himmel hell, bald wird er trüber;
Wie's kommt, so nehmt's, doch Eines stets bedenkt,
Daß, was geschieht, von oben wird gelenkt!
(Tritt ab.)

Casperl (der schon aus den Coulissen hervorgeschaut hat.)

Ja was wär' denn das? Eine Komödie und der Casperl nit dabei? Das wär' was Neues. Sitzt das ganze Schauspielhaus voller Publikum, vorn die Kleinen, nachher die Größern, Butzeln sind auch dabei und da sollt' der Casperl fehlen? Schlipperdibix! mein altes Recht laß' ich mir nit nehmen! Wo eine Komödie ist, da muß der Wurstl auch dabei sein, damit's auch manchmal lustig hergeht; denn bisweilen muß der Mensch sein' Gspaß haben, damit er sich nicht z'todt weint in der traurigen Welt, wo Noth und Elend oft aus- und einspazieren. Also, wenn auch das Münchnerkind 'g'sagt hat, daß Ihr allerhand schöne und ernsthafte Geschichten da sehen werd't, so will ich meinerseits publiciren, daß auch die Gspaß'ln nit fehlen werden. Aber Eins muß ich Euch sagen: Brav müßt's sein, Kinder, sonst kriegt's Schläg und der Hanswurstl setzt sich auf die Ofenbank und weint selber, statt daß er pfeift und singt. – Punktum, so ist's, weil's der Casperl g'sagt hat.

Münchner-Kindel (hinter der Scene.)

Casperl! Casperl!

Casperl.

Wer ruft mir da? ich will an Ruh haben und mein' Sach' vorbringen.

Münchner-Kindel (tritt auf.)

Was hast denn Du da heraußen zu thun, Casperl?

Casperl.

Das geht Dich Nichts an! Was hast denn Du da heraußen zu thun, Fratzl?

XVI

Münchner-Kindel.

Ich bin der Theaterdirector. Du hast mir zu folgen.

Casperl.

Oho, das wär' nit übel! Ich bin ja der Casperl Larifari.

Münchner-Kindel.

Wenn ich Dich da heraußen brauche, werd' ich Dir's schon sagen und Dich am rechten Ort appliciren.

Casperl.

Was Capriciren! die Caprizen verbitt' ich mir!

Münchner-Kindel.

Marsch fort, an Deinen Platz. Du sollst jetzt den Vorhang aufziehen und die Lampen putzen.

Casperl.

Also die Lampen aufziehen und den Vorhang stutzen? Das kann gleich gescheh'n; aber vorher brauch' ich ein Paar Bratwürstlein und eine Maß Bier.

Münchner-Kindel.

Du fangst schon mit Dummheiten und Confusionen an, da werd' ich Dich nicht lange mehr brauchen können.

Casperl.

Ich hab' meiner Lebtag keine Convulsionen g'habt und bin ein kreuzg'sunder Kerl.

Müncher-Kindel.

Merk nur auf, was ich Dir sage. Ich hoffe, daß Du Dich gut aufführen wirst.

Casperl.

Ich kann mich nicht selber aufführen, wenn die Komödie aufgeführt wird. Kurz und gut – –

Müncher-Kindel.

Kurz und gut, wenn Du nicht gleich gehorchst, so werde ich Dich einsperren lassen.

XVII

Casperl.
In der Kuchel oder im Keller, da laß' ich mir's gefallen!

Müncher-Kindel (droht.)
Casperl! Casperl! (Es donnert.)

Casperl (fährt zusammen.)
Nein, das verbiet' ich mir! Das ist kein Gspaß.

Müncher-Kindel.
Es donnert, Dir zur Warnung.

Casperl.
Nun, und wenn a G'witter kommt und 's fangt 's regnen an, da wird ja mein niglnaglneu's G'wandl verdorben, weil ich kein Paraplui bei mir hab'.

Münchner-Kindel.
D'rum folge mir und gehe heim.

Casperl.
No meinetwegen, aber lang halt ich's d'rin nit aus. Juhe! Juhe! (Geht ab.)

Münchner-Kindel.
Laßt Euch vom Casperl nur nicht irre machen;
Ich brauch' ihn wohl bisweilen, sollt Ihr lachen;
Doch Alles in der Welt hat seine Zeit,
Das alte Sprichwort sagt: auf Leid kommt Freud'.
Er ist ein guter Narr, doch etwas ungeschlacht;
Nehmt's ihm nicht übel, wenn er Späße macht,
Die etwas derb sind – er meint's gut
Und ist ein Bürschlein von gesundem Blut.
Und nun beginn' das Spiel, mög's Euch gefallen,
Damit Ihr oft erscheint in diesen Hallen!
(Der Vorhang fällt.)

Der Anfang war gemacht und der Erfolg ein sehr günstiger, die Aufnahme übertraf alle Erwartung. Später vergrößerte Herr Schmid das Ganze, indem er rechts und links ansetzte, den Hintergrund hinausschob und noch ein Coulissen-Paar einfügte. Der prächtige Vorhang mit dem graziösen Harlekin

XVIII

und der übrigen Gesellschaft, welche um ihn eine Gruppe bildet, ist noch der ursprünglich von Heydeck selbst gemalte. Unermüdet ließ Herr Schmid, der keine Kosten scheute, von künstlerischen Händen neue Dekorationen anfertigen, neue Charakterköpfe schneiden, unablässig arbeitete er an verbessernden Verschönerungen, neuen Maschinen und sonstigen Ausstattungs-Überraschungen, welche, freilich nur im Kleinen, mit jeder großen Bühne wetteifern. Der zukünftige Chronist dieses Marionetten-Theaters wird eine stattliche Namenreihe ausgezeichneter Künstler zu verzeichnen haben, welche es nicht unter ihrer Würde hielten, dazu beizutragen. Wir erinnern nur an Kaspar Braun, den allzeit mit Rath und That hilfbereiten Vater der »Fliegenden Blätter«, oder an Meister Quaglio – welche Bauernhütten und Königssäle auf die Leinwand zauberten. Auch der ernsthafte Professor Knabel und der wackere Bildhauer Kolp legten oft den Meißel weg von ihren Heiligen-Figuren, um ein lustiges Zwergen-Quodlibet oder einen heiteren Charakterkopf für den rastlosen Puppen-Direktor zu schneiden. Andere lieferten mit rühmenswerther Bereitwilligkeit die betreffenden musikalischen Compositionen, so die Herren Otto von Prätorius, der gute, schon am 6. Juni 1871 verstorbene, unvergessene G. Kremplsetzer, Jul. Lang, K. M. Schmid, Professor H. Schönchen, Hans Hager u.s.w.

Das Puppenspiel ist uralt und reicht nach Jakob Grimm in die früheste Zeit des deutschen Lebens hinauf. In Rom und Athen, ebenso an den Ufern des Ganges stand seine Heimath. Es ist ein Wiegengeschenk des Menschengeschlechts.

Die Geschichte dieser unscheinbaren Dramatik ist zwar noch nicht geschrieben, deßhalb mögen ein Paar Skizzenstriche dazu hier erlaubt sein. Die ebenso gelehrte wie kunstreiche Äbtissin Herrad von Landsberg († 1195) hat in ihrem, mit der Straßburger Bibliothek verbrannten unschätzbaren Werke *»Hortus deliciarum«* zwei Männer abgebildet, welche ein *»ludus monstrorum«* über einen Tisch dirigiren: sie ziehen vermittelst sich kreuzender Schnüre die kleinen Bilder zweier Ritter – man denkt dabei unwillkürlich an Hildebrand und Hadubrand – hin und her, welche mit ihren Schwertern auf einander losfechten. Sodann ist eine Stelle aus dem *»Malagis«* (in Von der Hagen's *»Germania«* VIII, 280) für das Puppenspiel im Mittelalter von Belang, während am Ende desselben Prätorius († 1680) in seiner »Weltbeschreibung« von den »Gauklerzelten« spricht, wo »der alte Hildebrand und solche Possen mit Docken gespielt werden, Puppencomödien genannt.« Die Geschichte vom Erz-Zauberer und Schwarzkünstler »Dr. Faust« stand damals gleichfalls schon in Blüthe. Bekanntlich wirkte das Stück noch auf Göthe, welcher als Kind dadurch ganz unaustilgbare Eindrücke erhielt. Auch Simrock sah es in seinen Jugendjahren; später erinnerte er sich des-

XIX

selben, schrieb es, so weit seine Erinnerungen reichten, nieder und gab es heraus. Die weitere Literatur darüber hat Carl Engel in Dresden zusammengestellt, welcher überhaupt den dankenswerten Versuch machte, das spärliche Material zu einer Geschichte der deutschen Puppen-Comödie zu sammeln.[1]

Ganz Außerordentliches leisten die Italiener mit ihren überaus geschickt, durch Schnüre und Drähte regierten Marionetten; man lese z.B. die heiteren Schilderungen in Gregorovius' »Figuren« (1864 S. 216 ff.); ganze Ballete und Schlachten werden mit staunenerregender Fingerfertigkeit daselbst dargestellt. Über die Pariser Marionetten-Theater brachte die Gartenlaube (XVII. B. 1869. S. 63) einen lesenswerthen Artikel. –

Diese für kleine und große Kinder immer eine gleiche Anziehungskraft übende, ächt volksthümliche Augenlust hält, wie W. Wackernagel[2] richtig bemerkt, »die Mitte zwischen dem Schauspiel und der Bildnerei: es agirt mit Statuen; aber diese haben Beweglichkeit und ein scheinbares Leben.« So blieb es immerdar ein Hauptquell der Fröhlichkeit auf Jahrmärkten, Kirchweihen und insbesonders zur Fastnachtszeit, mit seinen zotigen Spässen und obligaten Prügeleien, ein ganz richtiges Abbild und unnöthiges Vorbild der im Volke immer bereiten und thatenlustigen Rohheit.

Unbegreiflicher Weise dachte früher Niemand daran, in dieses, als Bildungsmittel des Volkslebens gewiß nicht zu unterschätzende Element etwas neue Façon zu bringen. Die großen Dichter hielten es unter ihrer Würde, vom hohen Olymp herabzusteigen, die *dii minorum gentium* dagegen haben glücklicher Weise schon mit anderen Dingen die Hände voll zu thun.

Franz Pocci's unbestrittenes Verdienst bleibt es, auf diesen an und für sich höchst säftereichen Stamm ein neues, fruchtbares Reis zu impfen und damit diese ganze bisherige Dramatik, unbeschadet ihrer gesunden Volksthümlichkeit, auf das höhere Gebiet der poetischen Literatur zu veredeln. Das hängt mit Pocci's ganzer Richtung als Volks- und insbesondere als Jugendschriftsteller zusammen, die wir hier füglich in kurzem biographischem Umriß beleuchten.

---

[1] Vgl. Deutsche Puppenkomödien. Herausgegeben von Carl Engel. Oldenburg 1873 (bei Schulze). I. Bd.: Doctor Johann Faust. – II. Bd.: Der verlorene Sohn. Der Raubritter oder Adelheid von Staudenbühel. – III. Bd.: Don Juan. König Cyrus. – (Für den IV. Bd. waren Genovefa und Almanda in Aussicht gestellt.)
[2] Kleinere Schriften 1873. II. 102.

XX

Franz Graf Pocci wurde am 7. März 1807 zu München geboren. Eine sehr vielseitige Bildung förderte seinen reich ausgestatteten Geist. Obwohl Pocci die Jurisprudenz zur Lebensaufgabe wählte, so nahm doch König Ludwig I., überrascht durch die poetische und künstlerische Begabung des jungen Mannes, denselben 1830 als Ceremonienmeister an seinen Hof, um ihm die zur vollen Entfaltung seiner Fähigkeiten nöthige Muße zu gewähren. In der Folge ging Graf Pocci, sowohl mit König Ludwig, als auch mit dem Kronprinzen Maximilian öfters nach Italien. Im Jahre 1847 wurde Pocci mit der Führung der k. Hofmusik-Intendanz betraut; nachdem derselbe 1863 vorübergehend das Amt eines Oberst-Ceremonienmeisters bekleidet hatte, ernannte ihn 1864 König Ludwig II. zum Oberst-Kämmerer, eine Stelle, in welcher Graf Pocci bis zu seinem, uns Allen leider viel zu frühe, am 7. Mai 1876 erfolgten Tode, verblieb.

Es ist schwer zu sagen, welche von den drei Schwesterkünsten, der Musik, Malerei und Poesie, unserem Grafen am nächsten gestanden habe; er umfaßte sie alle mit gleicher Energie und wußte selbe in originellster Weise zu vereinen, indem er seine und seiner Freunde Lieder in Musik setzte und mit Randzeichnungen versah, welche in dieser überraschenden Ausstattung überall die freudigste Aufnahme fanden. So erschienen seine »Blumen-« und »Minne-Lieder«, seine »Bildertöne« und Anderes dieser Art; auch eine Oper, »Der Alchymist« componirte Pocci, ebenso viele Singspiele; doch ist davon nichts in die Öffentlichkeit gekommen. Dagegen drang sein Name in die weitesten Kreise, als er mit Guido Görres den »Fest-Kalender« begründete (1835), welcher drei Jahre lang erschien und als erste illustrirte Jugendzeitschrift unvergessen bleibt. Eine solche Verbindung von Wort, Ton und Bild war vorher unerhört gewesen. Wenn auch die durch Lithographie vervielfältigte Zeichnung bisweilen in der Form eine unvollkommene war und unseren, durch die schönsten Holzschnitte geradezu verwöhnten Augen Manches zu wünschen ließe – so eroberte das innere Gefühl doch alle Herzen. Ludwig Richter, der große Meister, bekannte später freudig, daß er durch Graf Pocci's Zeichnungen die erste Anregung empfangen und von da zu seinen liebenswürdigen Genrebildern, welche das echte Volksleben so wahr schildern, erst den Weg gefunden habe. Franz Pocci – Ludwig Richter – Oskar Pletsch: das ist ein historisches Triumvirat, von denen Einer auf den Schultern des Andern steht. Letzterer zeichnet für die Kinderwelt nur »zu schön«; er ist das Entzücken der Gebildeten und Erwachsenen. Pocci's Gestalten aber wurden von den Kindern besser verstanden. Seine Riesen, Zwerge, seine Schneemänner und Nußbeisser, die Einsiedel und Ritter, voran aber sein lustiger Casperle standen der kindlichen Vorstellung näher. Der Festkalender hat davon freilich noch wenig, er bewegt sich mit den größtentheils von Guido

Görres gedichteten Balladen mehr im Kreise des Kirchenjahres und der deutschen Geschichte; aber es sind auch heitere Stücklein eingemengt, wie denn die gleiche Vertheilung von Ernst und Scherz eine überaus glückliche war. Sobald Guido Görres die »Historisch-Politischen Blätter« gründete, trat diese fröhlich-poetische Beschäftigung vor dem Ernste der Zeit freilich ganz zurück. Als eine Fortsetzung des Festkalenders gab Pocci in drei Bändchen seine »Geschichten und Lieder mit Bildern« heraus. Später bebauten beide Freunde wieder dasselbe Gebiet der Jugendliteratur, indem G. Görres das, größtentheils von Pocci's Hand, diesesmal mit Holzschnitten reich illustrirte »Deutsche Hausbuch« (1846) begründete, welches indessen schon nach zweijährigem Erscheinen unter den Ereignissen des Jahres 1848 verschwand. Daß bei den Zeichnungen zum »Festkalender« übrigens viele andere junge Kräfte mitwirkten, welche sich insgesammt zu bekannten und berühmten Namen auswuchsen, z. B. Kaulbach, E. Steinle, Fr. Hoffstadt, Ballenberger, Keim und viele Andere, darf nicht vergessen werden.

Von Pocci's weiteren Schriften erwähnen wir hier nur eine Reihe gleichfalls mit Holzschnitten und Radirungen illustrirter Märchen- und Spruchbüchlein; auch das, von G. Görres, ganz im Style Brentano's, gedichtete Märchen »Schönröslein« stattete Pocci mit Bildern aus. Daran schlossen sich die mit Bildern und Singweisen versehenen Soldaten-, Jäger-, Studenten- und Kinderlieder, allerlei Schattenspiele und Bilderbücher, z. B. das »Lustige Bilderbuch« (München bei Braun & Schneider 1853) und die köstlichste seiner Schöpfungen: »Was du willst« (ebendas. 1854); dazwischen kam das »Güldene Weihnachts-A-B-C« (München 1854. Kathol. Bücherverlag), dem sich später ein fröhliches »Büchlein A bis Z« (ebendas.) für die Jugend anreihte.

Schon 1843 erschienen (bei Hurter in Schaffhausen) die gesammelten »Dichtungen« von Franz Graf Pocci; ein ernstes Buch der Betrachtung gab er unter dem Titel »Herbstblätter« (München 1866 bei Manz) heraus; auch die »Landsknechtlieder« (1860) geben Zeugniß von seiner tieferen, ächt deutschen Denkungsweise, welche sich freilich auch mit mittelalterlicher Ironie in seinen zahlreichen »Todtentänzen« ausspricht. Damit hing ein Drama »Gevatter Tod« (München 1854 bei Braun & Schneider) zusammen und ein nach Hebel's »Karfunkel« dramatisirtes Volksstück »Michel der Feldbauer« (1860), welche zeitweise über die Bretter gingen, aber für das gewöhnliche Theaterpublikum zu ungewohnte Kost boten. Auch sonst erging sich Graf Pocci gern in dramatischen Produktionen, welche als Manuscripte für die Freunde meist nicht in die Öffentlichkeit gelangten. Dagegen trat er mit »Dramatischen Spielen für Kinder« (München 1850 bei Mey und Widmayer) und den »Jahreszeiten« (Stuttgart 1856, abgedruckt aus Isabella Braun's »Jugendblättern«, welchen Franz Pocci immerdar ein treuer Freund und Mitarbeiter war), auch mit einem »Kasperl-Theater« (Stuttgart 1855. 2. Aufl. 1873 bei Gustav Risch), noch mehr aber mit unserem »Lustigen Comödienbüchlein« auf ein früher kaum angebautes Gebiet, wo er rasch wahre Verdienste sammelte. Unter dem hellen Gelächter, mitten aus der sprudelnsten Heiterkeit blickte doch immer ein ernsterer Sinn, ein poetischer Gedanke, eine ethische Idee, nicht selten auch ein leiser Ton der Wehmuth.

In dieser Hinsicht ist Pocci ohne Vorbild. Sollten diese »Komödien« mit irgend etwas verglichen werden, so könnte man Pocci vielleicht den Raimund der Jugend- und Kinderwelt nennen. Wir kommen gleich auf diese fröhlichen Schöpfungen zurück.

Eine beispiellose Probe seiner immer neuen und unerschöpflichen Phantasie gab Pocci mit den hundert »Namenbildern« (München bei Manz) und den köstlichen »Buchzeichen«; auch von den weltbekannten »Münchener Bilderbogen« zeichnete er eine stattliche Reihe[3]; der gleiche Verlag publicirte auch den satyrischen »Staatshämorrhoidarius« und die »Lustige Gesellschaft« 1867, mit welch' letzterer Pocci wieder ganz in seine eigentliche Domäne, in die Jugendliteratur einlenkte. In diesen großen colorirten Holzschnitten wechseln Waldmänner und Riesen, gräuliche Zauberer und liebenswürdige Zwerge; Ritter und Drachen, Chinesen und Zigeuner, allerlei Schulwitze und Kinderlust, Wasserfahrt und Kaminkehrer, Rothkäppchen, Jäger, Wirth, Grethl und Kasperl, auch ein unheimlicher Waidmann, hinter dessen Fratzengesicht der Zeichner selbst schalkhaft herausspitzt, ebenso wie er auf dem Umschlage unserer Komödien-Büchlein sein eigenes Portrait als Maske für den heitern Scherz benützte. Das ist Franz Pocci's Humor, der ihm auch bei Hunderten von Caricaturen den Stift führte, wobei der edle Graf sich selbst am wenigsten schonte. Zu Ende des Jahres 1875 kam das artistische Capriccio »Viola tricolor« (New-York bei Ströfer & Kirchner), welches auf der Weltausstellung zu Philadelphia die neueste Technik des Pariser Farbendruckes repräsentirte: Pocci zeichnete zu den gepreßten Blumen, zu wirklichen Tag- und Nachtschatten, welche allerlei lächerliche Gesichter vorstellen, die dazu gehörigen Figuren in den schnurrigsten Gestalten und Gruppen. Mit besonderer Vorliebe schuf Pocci Caricaturen, worin er durch frappanteste Ähnlichkeit überraschte. Er brauchte eine Persönlichkeit nur einmal gesehen zu haben; selbst nach Jahren noch stand ihm sein treues Gedächtniß zur Seite. Sein

---

[3] Von Pocci's Hand sind die Nummern 2. 4. 6. 12. 57. 82. 95. 114-117. 122. 154-156. 160, 163. 171. 172. 204. 220. 277. 303. 304. 323. 447, 448. (Einzelnes enthalten auch die Misch-Bogen 17. 34 u. 57)

XXIII

Spott oder richtiger gesagt, sein heiterer Witz war aber immer harmlos und gutmüthig, so daß der Betroffene aus ganzem Herzen mitlachen konnte. Die Gesellschaft der »Zwanglosen«, ebenso »Alt-England« besitzen ganze Bücher voll solcher Zeichnungen, welche den Beschauer immerdar noch in die heiterste Laune zu versetzen im Stande sind. Hierin und mit seinen freigebigst verschenkten Handzeichnungen und Aquarellen war Pocci unübertrefflich, mit seinen Burgen und Schlössern geradezu unerreichbar. Er besaß die neidenswerthe Gabe, die immer neue Fülle seiner Ideen nur so hinzuschreiben und auszuschütten, ohne deßhalb im geringsten zu ermüden oder sich zu wiederholen. In dieser Unmittelbarkeit seiner Skizzen und Naturstudien lag ein eigener, packender Zauber. Freilich trugen diese Produkte meist einen etwas dilettirenden, aber außerordentlich liebenswürdigen und geistreichen Charakter, wogegen er in den »Namenbildern« die künstlerische Durchbildung der Form erstrebte, soweit sie seine rastlose Natur eben ermöglichte.

Kehren wir zu den vorliegenden dramatischen Erzeugnissen zurück. Nach dem »Prinz Rosenroth« waren in rascher Folge noch sechs weitere Stücke dieser Art entstanden. Ihre gute Aufnahme lockte, selbe auch durch den Druck in weitere Kreise zu führen. Das Erscheinen des ersten Bändchen fiel mit Juni 1859 in den ungünstigen Zeitpunkt, als der österreichisch-italische Krieg gerade begonnen hatte. Es brach sich also nur langsam, aber sicher die Bahn. Die Urtheile in der Presse darüber lauteten sehr günstig. Das gab dem Dichter einen Sporn, so daß schon zu Weihnachten des nächsten Jahres die zweite Sammlung neuer Stücke folgen konnte. Nun trat eine längere Pause ein, in welcher Pocci nach neuen Stoffen suchte. Eine Zeit lang schien er auch die Lust und Stimmung dazu verloren zu haben, doch kam er bald wieder in Fluß, so daß zu Ende des Jahres 1868, zugleich mit der neuen Auflage des unterdessen völlig vergriffenen ersten, schon das dritte Bändchen folgen konnte, welchen sich dann im Oktober 1870 und im November 1874 die beiden letzten Theile anreihten. Trotz aller Klagen über den Mangel an geeigneten Stoffen reiften doch noch vier Stücke, welche im Manuscript das Datum ihrer Entstehung tragen und somit einen Einblick in die geistige Werkstätte des Dichters gewähren. Die »Undine« war, angeregt durch eine neue Lesung von Fouqué's unsterblichem Roman, in den schönen Herbsttagen zu Ammerland, wo Graf Pocci ein kleines Tuskulum als Lehen durch König Ludwig I. besaß, gereift und Anfangs August 1874 fertig geworden. Bei der Rückkehr in die Stadt begleitete ihn der lang herumgetragene Stoff mit der »Zauberflöte«, welche von Ende Oktober bis Anfangs November glücklich zu Stande kam. Am ersten Oktober 1875 war die letzte Feile an »die Erbschaft« gelegt und dann ging es an den »König Drosselbart«, welcher schon früher nach Grimm's Märchen das Interesse des Zeichners geweckt hatte (vergl. Nr. 220 des »Münchener Bilderbogen«). Die Ausführung erlitt mancherlei Unterbrechungen, da Graf Pocci vielfach an Schwindel und Übelbefinden litt, welches schon zu den ernstesten Befürchtungen Anlaß bot. Die Arbeit rückte in den letzten Wochen, wo sich der gute Graf besser und fröhlicher fühlte, denn je, rasch vorwärts und war gerade vollendet, als der Tod, längst sein wohlbekannter und erwarteter Freund, sein Haupt berührte und seine edle Seele aus dem müde gewordenen Körper löste zum Heimgang in die ewige Heimath. Graf Pocci endete schmerzlos und beinahe plötzlich, wie er immer gewünscht und vorhergesagt hatte. –

Es war ein Akt der Pietät, daß »König Drosselbart« beim Beginn der Wintersaison am 3. September zuerst in bester Ausstattung über die Bühne ging, welche dem verstorbenen Dichter den größten und besten Theil ihres Repertoire's verdankte. Herr von Destouches schrieb dazu ein »Des Kinderfreundes Gedächtniß« betiteltes allegorisches Spiel, welchem Herr Professor H. Schönchen die entsprechende Musikbegleitung unterlegte.[4]

Unter diese letzten Spenden von Pocci's Muse wurden auch zwei Stücke aus der zweiten Auflage des »Lustigen Kasperl-Theaters« herübergenommen, welche nicht den Typus des Polichinellspieles, sondern den entschieden dramatischen, durch poetischen Gehalt verstärkten Charakter, wie die übrigen Stücke des Komödien-Büchleins tragen, für dessen letzten Band sie nach dem Willen des Dichters auch bestimmt waren, wie selbe auch von jeher zum Repertoire des Schmid'schen Marionetten-Theaters gehörten. Die Herren Hofmann und Hohl, die jetzigen Eigenthümer des ehemaligen Verlages von G. Risch in Stuttgart, ertheilten dazu mit anerkennenswerther Bereitwilligkeit ihre Zustimmung.

Schließlich theilen wir einige Stellen aus der Presse mit, welche diese Komödienbüchlein immerdar mit wohlwollender Anerkennung aufzunehmen pflegte. So äußerte z. B. ein Kritiker im Abendblatt Nr. 152 der »Neuen Münchener Zeitung« vom 28. Juni 1859: »Welchen Reiz die ganze, mit Feuerwerk, Verwandlungen und Zaubereien wechselnde Scene des Puppenspiels auf das jugendliche Alter übt, kann Jeder leicht beobachten und erfahren. Zwar hat unseres Wissens die Ästhetik noch keinen Canon darüber aufgestellt, aber in allen Kinderherzen steht es geschrieben und klingt es wieder, farbenprächtig, gleich einem Märchen. Und das Puppenspiel hat gleiche päd-

---

[4] Einen schönen Bericht hierüber enthält Nr. 254 der »Süddeutschen Presse« vom 3. Nov. 1876.

agogische Aufgabe, wie das Märchen: Es dient dazu, die jugendlichen Verstandeskräfte nützlich zu erweitern und die Phantasie heiter zu beleben. Casperl Larifari aber, dessen Geburtstag »zwischen St. Niklas und Nimmermannstag, g'rad' eine Viertelstunde hinter dem 1. April liegt«, ist die Personification des eulenspiegelhaftesten Volkshumors, »der sich nicht äußern kann gleich den ehrsamen andern Philistern, und der deßhalb in etwas urweltlicher Grobheit gegen jede hergebrachte Höflichkeit verstößt, dabei eine treuherzige Gutmüthigkeit besitzt und bei aller Thorheit eine verschlagene Pfiffigkeit an den Tag legt, die doch überall noch Oberwasser hat«.

In Nr. 302 vom 19. Dez. 1860 derselben Zeitung wird gelegentlich einer sehr eingehenden Besprechung des II. Bändchens der Wunsch ausgesprochen, »daß diese Stücke auch im häuslichen Kreise der Familie, von Kindern und Jugendfreunden selbst zur Aufführung gebracht würden, worauf es auch der Verfasser nach einer spitzen Stichelei (Seite XVIII) angelegt zu haben scheint«. Sodann heißt es mit Bezug auf eine Stelle in dem, das II. Bändchen eröffnenden »Prolog«: »Es ist wirklich ein Hauch der alten romantischen Schule über diese Stücke ausgebreitet und der knorrige Humor, der häufig wohlthuend und erheiternd dazwischen spukt, zeigt von einer sprudelnden, den alten Meistern glücklich abgelauschten Congenialität.«

Ein längerer Artikel in Nr.135 des »Literar. Handweiser« (Münster 1873) betont gleichfalls, »wie es von ganz reizender Wirkung sein müßte, wenn diese Schauspiele durch talentvolle junge Leute agirt würden. Dabei werden die ersten vier Bändchen einer sorgfältigen Prüfung unterzogen und das Urtheil also zusammengefaßt: »Überall spricht ein poetischer Humor mit absichtlichen Anachronismen; klapperndes Ritterthum und moderne Salonfräulein treiben sich mit schattenspiel-artigem Pathos umher; auch der hochtrabende Schauspieler-Jargon und die leere Komödianten-Bravour kommen nicht übel weg, wenn Casperl, sie nachäffend, in gewähltem Hochdeutsch schwadronirt. Dem losgebundenen Muthwillen gegenüber waltet aber auch ein innerer Ernst. Und so tragen diese Duodez-Schauspiele eine zweifache Physiognomie, die mit dem gesundesten Lachen überschüttet, mit scharfen, sicher sitzenden, breit aufklatschenden Hieben geißelt und doch wieder mit sinniger Tiefe auf andere Wege weiset.«

Nachdem in Beilage 86 der »Augsb. Postzeitung« vom 18. Febr. 1874 dem fünften Bändchen alles Lob gespendet, werden diese Comödien gleichfalls zur Darstellung in weiteren Kreisen, insbesondere den Gesellenvereinen, empfohlen: »Ein guter Theil davon möchte sich aber auch ganz vorzüglich für Gesellenvereine in dem Fasching eignen! Die Sache wäre eines Versuches werth, um so mehr, als eine dazu verwerthbare humoristische Literatur weit und breit kaum zu finden ist.«

Auch die »Allgem. Zeitung«, dieses anerkannte Weltblatt, würdigte in Beilage 338 vom 1. Dez. 1875, Pocci's Comödienbüchlein einer ganz ausführlichen Besprechung: »Ein wunderliches Gemisch von ächtem Humor, muthwilliger Lustigkeit, melancholischem Tiefsinn und poetischer Wehmuth zieht durch diese Comödien. In den meisten steckt etwas von Raimund's Geist, seiner neckischen Genialität, phantastischen Zauberei und harmlosen Gemüthlichkeit, die zeitweilig die Geduld verliert, um dann unschädlich über die Verkehrtheit unserer Tage loszublitzen und augenblicklich wieder in gutmüthiger Laune sich weiter treiben zu lassen. – Ein Theil dieser Stücke, wie z.B. Prinz Rosenroth, oder Herbed, die stolze Hildegard, die Lotosblume, auch Waldkönig Laurin, und Anderes, könnten unbedenklich jede Volksbühne passiren, wobei ›Casperle‹ höchstens das Costüm eines treuen Dieners oder eines lustigen Knappen anzuziehen hätte, wenn man ihm nicht gleich lieber das mittelalterliche Gewand eines ächten Clown überwerfen will. Zwischenakt-Musik und Recitativ darf natürlich nicht fehlen, ebensowenig als Coupletgesang und andere ›Freischütz-Kaskaden-Feuerwerkmaschinerie‹, welche sogar die Zukunftsmusik nicht entbehren kann. Andere Stücke sind mehr einfacher Natur, und könnten gleich den primitiven Fastnachtsspielen des XV. und XVI. Jahrhunderts in jeder Familie von der Jugend des Hauses zur Darstellung kommen.«

München, 10. Oktober 1876.

Dr. H. Holland.

Undine,
die Wassernixe.

Romantische Sage in 4 Aufzügen mit Gesang.

Personen.

Kühleborn, ein mächtiger Wassergeist.
Undine, Nixe.
Ritter Huldbrand von Ringstetten.
Casperl, sein Knappe.
Herzog Heinrich.
Berthalda, seine Tochter.
Peter, ein Fischer.
Martha, dessen Weib.
Ein Diener $\Big\}$ des Herzogs.
Leibkoch
Ein Trompeter.
Ritter und Frauen.
Wassergeister.

I. Aufzug.

See von Bergen und Wäldern umgeben. Im Vordergrunde ein Fischerhaus. Netze können am Ufer aufgespannt sein.
Sturm und Gewitter peitschen die Wogen. Allmälich klärt sich der Himmel auf, die Abendsonne beleuchtet die Gegend.

Chor der Wassergeister,
die auf dem See auf- und untertauchen, während des Gewitters.

Im tiefen Gewässer
Da ist unser Leben,
Im Wogen der Wellen
Wir schweben und weben.

Im tiefblauen Grunde
Da stehen so feste
Korallene Säulen
Cristall'ne Paläste.

Und thürmen die Stürme
Die schäumenden Wogen,
Und kommen die Wetter
Mit Blitzen gezogen

Hoch über die Wässer,
Da ist unser Leben;
In Fluthen und Wellen
Wir schweben und weben.

Während das Gewitter sich verzieht, tritt Ritter Huldbrand ein, Casperl, ein großes rothes Parapluie aufgespannt, folgt ihm.

Casperl.

Potz Donner und Blitz! Das ist wieder einmal eine angenehme Gegend. Beim schönen Wetter sind wir aufg'sessen. Wie's geblitzt und gedonnert hat, sind Sie von Ihrem Schimmel abg'sessen und mich hat mein Bräunel abg'schmissen. Wir sind alle zwei zu Fuß da g'standen und die Rößl'n sind davon g'laufen. Hätt ich nicht mein Parapluie unter'm Arm gehabt, so wäre ich ohne Zweifel ertrunken und läge jetzt als eine leblose Leiche im schauerlichen Wald, um die Auferstehung zu erwarten. Das heißt man Schicksal.

Huldbrand.

Bist du mit deinem Geschwätze zu Ende? Nun sieh' Dich ein bischen um, ob für diese Nacht nicht irgendwo Schutz zu finden wäre.

Casperl.

Mich beschützt mein Parapluie, in welches ich mich hüllen kann. Sie haben freilich nichts derartig's bei sich. Ihre jugendliche Unvorsichtigkeit wird Sie g'wiß noch ein Mal in ein rechtes Malheur bringen. Nicht einmal ihren Sommerpaletot haben's heut mitgenommen.

Huldbrand.

Einem Ritter genügen Schwert und Schild.

Casperl.

Ah so! Mit'm Schild können Sie sich wie eine Schildkröten zudecken und mit dem Sabel können Sie die Regentropfen oder gar die Wolken auseinanderhauen. Allein – Frage: Wo bleibt das Wirthshaus – ein dem Menschen unentbehrliches Bedürfniß?

Ein Strahl der Abendsonne beleuchtet das Fischerhaus.

Huldbrand.

Sieh dorthin. Der Himmel ist uns günstig. Da steht ein Häuschen.

Casperl.

Ah – – da hab' ich Respekt! Jedenfalls finden wir vielleicht ein Federbett, wenn auch keine Matratze, und sind unter Dach und Fach.

Huldbrand.

Es scheint die Wohnung von Fischerleuten zu sein. Sieh die ausgespannten Netze am Ufer des See's.

Casperl.

Auweh! – Da gibt's ohne Zweifel nur Fastenspeisen in diesem Gasthofe! denn von einer Andeutung auf Kalbsbraten seh' ich keine Spur. Nun – ein gebratener Hecht wär auch nicht schlecht und blau abgesottene Forellen sind ebenfalls nicht zu verachten. Nur ist noch die Frage, wie's mit dem

Getränke aussieht? Diese sehr wasserreiche Umgebung läßt auf einen wässerigen Trunk schließen.

Huldbrand.

Höre auf mit deinen unnützen Bemerkungen; geh' an's Häuschen und klopfe an, ob wir Herberg finden.

Casperl (erhaben).

Ich werde an das Huischen gehen, ich werde anklopfen mit der Bumerkung, daß zwei arme Handwerksborsche um Herberg bitten.

Huldbrand.

Schwätzer!

Casperl (geht an's Haus und klopft an die Thür.)

Bitt' gar schön, zwei arme Handwerksborschen bitten um a Herberg. Wir hab'n schon 8 Tag nichts Warmes gessen! bitt gar schön.

Der alte Fischer Peter tritt aus dem Häuschen.

Peter.

Wer ist da?

Casperl (unwillig).

Ich hab's ja schon g'sagt! Zwei arme hungerige Handwerksburschen.

Peter.

So seht ihr wohl nicht aus; allein w e r Ihr auch sein mögt –

Huldbrand.

Verzeiht, wenn ich Euch nur für diese Nacht um Einlaß bitte. Für heute bin ich ein »fahrender« Ritter, da ich mich verirrt habe und erst morgen den Heimweg zu meiner Burg suchen muß.

Casperl (mit Pathos).

Ja verzoiht, wenn ich Euch nur für diese Nacht um Einlaß bitte und ein kleines Souper. Für hoite bin ich ein gehender Knappe, der sich etwas verwirrt hat und morgen – – –

Peter.

Meine schlechte, schlichte Hütte steht Euch zu Gebot. Ich bin ein Fischer und bewohne sie mit meinem Weibe und einem Mädchen, ein angenommenes Töchterlein.

Huldbrand.

Herzlichen Dank für Eure Freundlichkeit. Ich bedarf nur einer Schlafstätte, wenn auch auf hartem Boden; ein Stück Brod und ein Trunk Wasser genügen mir.

Casperl.

Ah, da muß ich protestiren! Wir wollen ein gutes Bett, eigentlich zwei Betten, ein annehmbares Essen und nicht einen, sondern mehrere Trünke; Wein oder mindestens Hofbräuhausbier, wenn's nicht ausgegangen ist.

Peter.

Tretet ein, edler Herr. Das Wenige, das ich habe, steht Euch zu Gebot. (Alle treten in das Haus.)

Es fängt zu dunkeln an. Im Verlaufe der folgenden Scene wird es Nacht und der Vollmond geht auf.

Undine (in der Kleidung eines Fischermädchens tritt aus dem Häuschen.)

Welche Überraschung! In unsere Einsamkeit trat ein sonderbares Leben. – Der schöne Ritter! wie ich nie einen gesehen. Mancherlei Leute wanderten schon an unserem Häuschen vorüber, mancher Wanderer trat schon in die Hütte und nahm ermüdet einen kleinen Imbiß, aber solche Einkehr hatten wir noch niemals. Ich bin erschreckt und beinah ängstig; darum trieb's mich heraus in die Abendstille, denn beinah hätt' ich mich gefürchtet, obschon der schöne Ritter sanft und gut scheint und mir gleich so freundlich die Hand reichte – wird er wohl länger bei uns verweilen?

Kühleborn (taucht aus der See auf; höhnisch.)

Gelt der schöne Ritter?

Undine (fährt erschrocken zusammen.)

O weh! Was erschreckst Du mich, Kühleborn?

Kühleborn (zornig).

Ermahnen will ich Dich, erinnern an Deine Heimath, die Du zu vergessen scheinst.

Undine.

O laß mich!

Kühleborn.

Hast du vergessen, daß nicht die Erde Deine Heimath ist?

Undine.

O, diese Erde ist so herrlich! Wie gerne bin ich auf ihr!

Kühleborn.

Deine Heimath, Dein Element ist das Reich der Fluthen! Weißt du nicht, was unser ewiges Gesetz befiehlt? Nur eine bestimmte Zeit ist den Wassergeistern gestattet, fern zu bleiben.

Undine.

Kann ich dafür, daß ich unser Reich verlassen?

Kühleborn.

Wohl weiß ich, daß es nicht Deine Schuld ist. Allein dieß ändert die in den Elementen herrschenden Gesetze nicht. Ich weiß, daß Deine unglücksel'ge Mutter, meines Bruders Weib, im Zwiespalte mit ihrem Gatten Dich hier an das Land gesetzt hat. Du warst damals ein dreijähriges Kind der Fluthen. Nun bist du 16 Jahre alt. Bald ist die Frist abgelaufen; Du mußt zurückkehren zu uns.

Undine.

Ich will nicht. Ich entsage aller Zauberkraft der Nixen. Ich kann diesen Erdenreizen nicht entsagen. In der kalten Tiefe dort unten grünen keine Wälder, keine Blumen blühen und duften, kein Vogelsang erfreut die Sinne! Alles ist stumm, kalt und starr. Traurig glänzen im blauen Dämmerlicht die kristall'nen Räume.

Kühleborn.

Und dennoch, Du bist und bleibst das Kind der Welle!

Undine.

Weh mir, o wär ich ein irdisch Wesen!

Kühleborn.

Ja weh Dir! – Darum warne ich Dich; denn wenn Du von der Erde einmal wieder verstoßen würdest, so müßtest Du zurücksinken in die Fluthen und würdest zerfließen als Welle, die im Gewässer unterginge. Es wäre um Dich geschehen, während alle Elementargeister wogen und weben bis zum Untergange dieser Welt, wenn Alles zerfällt und zerfließt in das Chaos der ganzen Schöpfung! Darum sei klug! bald naht die Stunde der Prüfung. Auf Wiedersehen!

Undine.

Wehe! Wehe!
Sinkt zusammen; ein Mondstrahl beleuchtet sie magisch. – Die Wogen der See thürmen sich an der Stelle empor, in welcher Kühleborn versinkt.

Der Vorhang fällt.

II. Aufzug.

Dekoration wie im vorigen.

Casperl (kommt aus dem Hause.)

Muß doch wieder ein Mal die schöne Morgenluft am See genießen. Der 14tägige Aufenthalt in dieser einsamen pappendecklen Gegend und Fischerhütte ist mir nicht mehr so unangenehm, als er anfänglich gedroht – besonders seit sich mein Ritter mit seiner Burg Ringstetten in Verbindung gesetzt und die Verproviantirung regelmäßig vor sich geht. Aber d e r Umstand bleibt mir doch einigermaßen r ö t h s e l h a f t, daß der Herr Ritter diesen i d u l l i s c h e n Zustand seinem bewegten Leben auf Turniren, Jagden und sonstig üblichen Spectatel vorzieht. Aber ich bugreife allmälig: Nicht der langweilige alte Fischer und dessen langweiliges altes Weib fesseln ihn an diese feuchten Gestade, sondern dieses liebliche Wesen, das schöne Kind Undine, welches auch mein Herz einigermaßen in Buwegung gesetzt hat! O! O! – –

Man hört Undinens Gesang auf dem See.

Casperl.

Da singt sie wieder! so hold, so fein, wie ein kleines Moosschnepferl oder eine junge Wildanten.

Undine nähert sich, in einem Kahne sitzend.

Undine (singt).

Schifflein auf den Wellen schwanke,
Schwebe leicht wie der Gedanke,
Wie mein Lied schweb' auf und ab!

Liebe Wellen, liebe Wogen,
Die ihr ferneher gezogen –
Meine Wiege und mein Grab:

Hebt empor Euch, sinket nieder,
Säuselt, plätschert Töne wieder,
Die Er mir zur Laute sang;

Wieget mich in stetem Schwanken
In den süßesten Gedanken,
Der mir aus der Tiefe klang!

Casperl (lauschend).

Ah, ah, – (mit einem Seufzer.) Was das wieder so ein schönes wässeriges Lied ist! Einzig! als hätt's der Richard Wagner componirt! Oh, oh! – –

Undine.

Casperl, Casperl! Guten Morgen. Willst Du nicht ein bischen mit mir fahren? Die Wellen sind so schön heute.

Casperl.

Ja freilich! Durch's Wasser und Land möcht' ich mit Ihnen fahren, um die ganze Welt!

Undine.

So komm', steig in's Schiffchen ein.

Casperl.

Ich möcht' schon; aber ich trau' mich doch nicht recht. Sie sind oft so muthwillig. Neulich hatten Sie mich auch in den See fallen lassen, weil Sie so geschaukelt haben, im Schiffl.

Undine.

Ei was! Das war nur Scherz. Habe keine Sorge, es geschieht Dir nichts. Ich bin ja ein Fischermädchen und weiß das Ruder zu handhaben.

Casperl.

Ja das weiß ich schon; aber vorgestern bin ich doch pudelnaß worden und hab' wenigstens 2 Maß Wasser g'schluckt. So Etwas bin ich gar nicht gewohnt.

Undine.

Komm nur! steig ein! ich halte hier am Gestade. Dann singen wir Eins zusammen.

Casperl.
Nun so will ich halt mein junges Leben riskiren.
<small>Steigt in den Kahn ein mit komischer Ängstlichkeit.</small>

(Im Kahn.) So – jetzt aber g'scheidt! Sonst spring' ich gleich wieder an's Land.
<small>Undine stößt vom Ufer ab, Casperl fällt gleich um im Schiff.</small>

Casperl.
Halt, halt! Jetzt bin ich schon gleich wieder umg'falln. Das war wieder ein gefährlicher G'spaß. Nur langsam! <small>(Das Schiff schaukelt auf den Wellen.)</small>
<small>Undine singt weiter.</small>

Casperl.
Ich bitt mir aus, nicht so schaukeln!

Undine.
Das ist hübsch, das ist lustig.

Casperl.
Nein, nein, keine solche Späß auf'm Wasser! Ruhig! das Schiff fällt ja um, wenn Sie so fort machen!

Undine.
Sei nur ruhig! es fällt nicht um.
<small>Das Schiff wird von den Wellen auf und ab getrieben. Allmählig thürmen sich die Wogen auf, als ob ein Sturm wäre.</small>

Casperl.
Nein, das wird mir zu arg! Wir fliegen ja bis an die Wolken in die Höhe und nachher wieder ganz nunter! Hören S' auf!

Undine.
Hui! Das ist lustig! Auf und ab! hoch und nieder.

Casperl <small>(schreit immer mehr.)</small>
Halt! halt! mir wird übel! Ich krieg die Seekrankheit. Aussteigen, aussteigen will ich.

Undine.
Hopsasa, hopsasa!

Casperl.

Geh'n Sie mir, mit Ihrem Hopsasa! Aussteigen, an's Ufer, an's Land!

Undine.

Nun, wenn Du willst, so setze ich Dich an's Gestade.

Fährt ans Ufer. Indem Kasperl aussteigen will, stößt Undine wieder rasch ab und er plumpst in's Wasser.

Casperl.

Auweh, auweh, ich ertrink! Zu Hülfe! Helft's mir!

Zwei Wassergeister mit Fischköpfen tauchen auf und werfen ihn an's Land, wo er auf den Bauch hinfällt; Undine verschwindet mit dem Schiffchen seitab in die Coulissen.

Casperl.

Nein, da dank ich, das geht über den Spaß! Ich bin doch kein Karpf, den man so herumschlenkern kann im Wasser (aufstehend.) Jetzt bin ich durch und durch naß, darf mich von Kopf bis zu Fuß wieder umzieh'n und an einer Welle hab ich mir einen blauen Fleck am linken Ellenbogen g'schlag'n. Das wären mir die rechten Wasserparthien (langsam in's Fischerhaus trottelnd.) Das war das letzte Mal! Die verflixte kleine Hex. – – – Potz schlipperment – (ab in's Haus).

Verwandlung

Das Innere des Fischerhäuschens.

Ritter Huldbrand, Peter, später Martha treten ein.

Peter.

Nun Herr Ritter, habt Ihr wirklich den Entschluß gefaßt, meine Tochter zu Eurer Gefährtin zu wählen?

Huldbrand.

Volle 14 Tage habe ich nun bei Euch zugebracht und meine Absicht ist keine unüberlegte. Undine soll meine Hausfrau werden.

Peter.

Ihr wißt doch, wie ich Euch gesagt habe, daß mir selbst ihre Herkunft nicht bekannt ist. Als ich eines Abends vom Fischen heimkam, eilte mir meine Martha jammernd und händeringend entgegen. Ich war höchst erstaunt und begierig, was etwa geschehen sein möchte. Verzweifelnd sagte sie mir, daß seit dem frühen Morgen unser kleines Töchterchen Maria verloren sei. Das Kind, damals 3 Jahre alt, sei wie gewöhnlich gegen den Wald hinausgelaufen um Beeren zu pflücken, sei Mittags schon nicht heimgekehrt. Sie habe gerufen, habe in den Wald weit hineingesucht – keine Spur gefunden – Alles vergebens; auch die Holzarbeiter, die tief im Wald gearbeitet, sagten, sie hätten wohl ein kleines Mädchen laufen sehen, haben sich aber nicht weiter darum gekümmert, nur ein weißes Tüchlein gefunden, das sie wohl um den Hals gehabt haben möge. Ach! es war recht traurig.

Huldbrand.

Der Wald ist von jeher voll bösen Gethiers, wie ich weiß, und Ihr mögt wohl befürchtet haben, daß ein Wolf oder Bär das Kind zerrissen habe.

Peter.

Wohl habt ihr Recht, Herr Ritter; denn es mußte auch so geschehen sein. Alle unsere Nachfragen waren vergebens, alle Nachforschungen umsonst! – Ihr mögt Euch vorstellen, in welch' jammervollen Zustand wir versetzt waren. Mariechen war ja unser einziges Kind, das einzige, beste Hab und Gut, das wir in unserer Armuth hatten! (weint.) Sieh da: einige Tage darauf saßen wir so recht herzenstraurig beisammen. Es war spät und der Mond schien, als ob er mit uns sein Mitleid hätte, freundlich durch die Scheiben herein. Da klopfte es leise am Fenster und ein feines Stimmchen rief: »Macht auf! Euer Kind ist da!« Ihr begreift, Herr Ritter, wie's uns da zu Muthe ward. Ich sprang auf, mein Weib wäre beinah aus Schreck vom Stuhle gefallen. – Doch um's Euch nicht lange zu machen – Als wir aus der Hütte traten, stund ein kleines Mädchen in Größe und Alter wie unsere verlorene Marie beiläufig, lieblich uns anlächelnd vor uns und sprach mit holder Stimme: »Da bin ich, nehmt mich statt Eures Kindes zu Euch.« – Welch ein Erstaunen! Wir frugen, wo sie herkomme, wer ihre Eltern seien und alles Mögliche, allein sie schwieg auf Alles und sagte nur: »O fragt mich nicht; aber ich will recht gut sein und Euch recht lieb haben! Ich heiße Undine.« Undine? sagten wir Beide erstaunt. Da glaubten wir wie ein Echo aus den Wellen des See's zu vernehmen: »Undine – Undine – «

Huldbrand.

Allerdings eine sonderbare Ankunft des neuen Kindes.

Peter.

Kurz: Wir sahen das Kind wie ein Geschenk des Himmels an. Wir nahmen es gerne als ein solches, wenn wir gleich nicht wußten, woher es gekommen war. Das liebe Ding stand so freundlich vor uns da in einem silberblauen Kleidchen, aber ganz durchnäßt, als ob es aus dem Wasser gekommen wäre. Um das Hälschen hatte es eine kostbare Perlenschnur, die wir noch aufbewahrt haben. Und so pflegten und hegten wir das Mädchen treulich und gewissenhaft bis zu dieser Stunde – es mag wohl an die 13 Jahre her sein, daß es zu uns gekommen.

Huldbrand.

Wohl mögt Ihr das Wunderkind treu und sorgsam gepflegt haben, denn Undine ist lieb und gut und auch verständig und spricht so klug, trotz seiner oft kindlichen Launenhaftigkeit, als ob es in der fürnehmsten, besten Schule gelernt hätte. Gerade deßhalb, gerade wegen der heiligen Einfalt hab ich mir das Mädchen auserwählt. Als meine Gemahlin soll sie auch der Vornehmsten nicht nachstehen.

Peter.

Wenn's denn so sein soll, gestattet, edler Herr, daß es auch meine Martha bald erfahre.

Huldbrand.

Freilich, das muß ja gleich sein. Sie ist ja die Mutter meiner holden Braut.

Peter (ruft in die Thür.)

Martha, Martha, komm herein!

Martha (tritt ein.)

Was soll ich? was willst Du von mir?

Peter.

Ja! was ich von Dir will? Höre und staune! –

Martha.

Nun, nun, was wird's denn so Wichtig's sein?

Peter.

Der edle Ritter will unsere Undine entführen.

Martha.

Der Herr Ritter – wollte – wollte – ?

Huldbrand.

Ihr mögt vielleicht im Stillen schon irgend Etwas beobachtet und bemerkt haben. Ich habe mich mit Undine verlobt.

Martha.

Ums Himmelswillen! ist es denn wirklich also? Freilich muß ich gestehen, daß ich an Undine, seit Ihr bei uns seid, eine gewaltige Veränderung gefunden habe.

Peter.

Ja wohl, mir kömmts auch so vor: das Mädchen ist viel ernster geworden seither – –

Martha.

Viel stiller und ruhiger. Sonst ging's ja in Einem fort mit den tollen Possen.

Huldbrand.

Mag sein. Aber ihr kindlich liebes Wesen darf sie nicht verlieren. Die Zeit des Ernstes naht bei den Frauen immer früh genug. Kommt, wir wollen Undinen aufsuchen, damit sie sich Euren Segen erbitte.

Martha.

Aber Herr Ritter, habt Ihr denn wohl bedacht, was Ihr thut? Wird dieses arglose, arme Kind wohl zur hohen Frau von Ringstetten taugen? Täuscht Ihr Euch nicht? Werdet Ihr diesen wichtigen Schritt nicht einmal zu bereuen haben?

Huldbrand.

Habt keine Sorge. Euch ist's freilich nicht lieb, daß ich Euch den Schatz entführe. Nicht wahr?

Peter.

Hoher Ritter! Wir fügen uns gerne, da wir unser Kind in so edlen Händen wissen.

Martha.

Und wie sollt ich anders reden? Gott möge Euch Beide beschützen. (Alle ab.)

Undine tritt von der andern Seite ein, nachdenklich setzt sie sich auf den Stuhl und stützt den Kopf mit dem Arme auf den Tisch.

Undine.

Wie ist mir doch zu Muthe? Wie ernst, wie bang! Mein flüchtiges Element wie gebannt und gefesselt! – Als ich noch ein kleines Kind war, geboren in der Tiefe der Gewässer, da trug mich meine Mutter an's Ufer dieses stillen

See's. Ich erinnere mich wohl, wie sie mich küßte und sprach: »Leb wohl! Da stehe nun auf fremdem Boden, auf trockener Erde. Das neue Element möge Dich aufnehmen, und wenn Du ihm getreu bleibst, und wenn Dich die gewonnene Liebe nicht selbst verstößt, so weile da und werde glücklich!« – Diese Worte habe ich nie vergessen und sollte ich diesem Muttersegen nicht vertrauen? Menschenliebe hat mich aufgenommen und gepflegt und nun naht sich diese abermals und will mich pflegen und hegen! Huldbrands Frau soll ich werden, tief und ganz und gar soll ich nun eingeweiht werden in den Segen des irdischen Lebens! – Kaum wag ich's zu denken. Ich soll eine Seele gewinnen und all' des Menschenglücks theilhaftig werden, eines Lebens und Webens, das nicht in den Wogen fluthet und nicht kalt dahinfließt, wie eine Wasserwelle. In einen neuen Zauberkreis tret' ich; aber weh mir, wenn er sich wieder öffnen würde, um mich in das Nichts hinauszustoßen – – –

<small>Es rauscht wie Wogen an den Fenstern, Kühleborn im blaugrünlichen Mantel, eine Krone von Schilf auf dem Haupte, erscheint. Undinens letztes Wort feierlich wiederholend.</small>

Kühleborn.

– – – Um Dich in das Nichts hinauszustoßen. – – Ja dieß ist es, was Du zu befürchten hast, und das Dir vielleicht bevorsteht – vielleicht?! – o glaub es, treulos sind die Menschen und schwankend, wie das Schilfrohr an unsern Ufern.

Undine.

Weh mir! Du bist's! Was willst Du schon wieder von mir? Laß mich die Wege geh'n, die mich meine Mutter betreten hieß.

Kühleborn.

Du weißt ja, daß der Zwist Deiner Mutter, den sie mit ihrem Manne hatte und ihre Trennung von ihm die Veranlassung war, dem Reiche der Gewässer zu fluchen. Dieß war die Ursache, Dich auf die Erde zu setzen.

Undine.

Nun, da die Mutter es so gewollt, war ich nicht bisher durch Menschenhuld geborgen?

Kühleborn.

Du warst es, – wirst Du es auch bleiben?

Undine.

In Huldbrands Augen lese ich Treue. Sein Blick kann nicht lügen.

Kühleborn.
Aber auf der Erde herrschen Trug und Lüge. Wohl uns Elementargeistern! Wir gehen die geregelte, uns zugewiesene Bahn. Der Mensch ist ein allzufreies Geschöpf; nur allzuoft verdirbt er sein eigenes Geschick.

Undine.
Allein dafür kann er eben durch diese seine Freiheit sich die herrlichste Seligkeit gewinnen.

Kühleborn.
O wie Du schon zur irdischen Schwärmerin geworden bist!

Undine.
Ich lasse nicht mehr von dem Menschen; denn durch ihn und mit ihm kann auch ich Seligkeit erringen.

Kühleborn.
Nun, so gehe in Dein Unglück, das Du Dir gewählt haben magst. Allein das Gebot der Wahrheit hast Du noch zu erfüllen. Dein unglücklicher Gemahl soll und muß wissen, wer Du bist. Wenn er es durch Dich selbst erfährt – dann magst Du ihn eben dadurch noch selbst prüfen, ob er zu Deinem Heile bestimmt ist. Diese Pflicht erfülle auch ihm zu lieb.

Undine.
Es sei. Ich gelob es Dir!

Kühleborn.
Nun so lebe wohl. Wir sehen uns wieder.
(Verschwindet).

Huldbrand (tritt rasch ein.)
Undine, wo bist Du denn? überall suchte ich Dich.

Undine.
Überall fändest Du mich; denn ich bin ja überall und immer bei Dir.

Huldbrand.
Im Geiste wohl, da Du meine holdselige Braut bist.

Undine.
Du sagst es und ich weiß es wohl; allein bevor ich Dein Weib bin, muß ich Dir noch ein Geheimniß sagen.

Huldbrand.
Ein Geheimniß? – Laß hören! (lächelnd.) Deine Geheimnisse werden wohl nicht schwer zu tragen sein.

Undine.
Tritt näher zu mir und vernimm. Aber sei gefaßt! – –

Huldbrand.
So gefaßt, wie Du es nur erwarten magst.

Undine.
Der Fischer, mein Vater, hat Dir ja wohl erzählt, wie ich als kleines Kind zu ihm gekommen, ein räthselhaftes Wesen, wie vom Himmel gefallen.

Huldbrand.
Allerdings scheint Deine Herkunft besonderer Art; allein, was thut's mir? Ich habe Dich auserkoren zu meiner Lebensgefährtin und Du bist und bleibst mein Eigen.

Undine.
Das ist die Frage; denn es könnte eine Stunde kommen, in der Du etwa sagen würdest: »ich will nichts mehr von Dir wissen – fort mit Dir!« –

Huldbrand.
Halt ein, versündige Dich nicht an meiner Liebe, an unserm Heiligthum!

Undine.
Wirst Du mich also niemals verstoßen?

Huldbrand.
Niemals! – niemals, wie kömmst Du zu solch' einer Frage?

Undine.
Darum, weil, wenn es geschähe – ich in den tiefsten Abgrund stürzte – –

Huldbrand.
Schweige, ich bitte Dich von solchen Dingen.

Undine.

Nun denn, so höre: Ich bin eine Nixe dieses See's. Seelenlos wäre ich noch in der Fluthen Tiefe, hätte mich nicht Menschenliebe aufgenommen, und untergehen müßte ich wieder, bliebe ich nicht für immer mit Menschenliebe verbunden. Solche Wandelung ist uns gestattet. Wenn aber jemals das Geheimniß meiner Abkunft zu Tage käme, wenn jemals irgend Jemand außer D i r erführe, w e r ich bin, so wäre ich für Dich verloren und versänke in die unergründliche Tiefe der Gewässer – zurück in das mich verschlingende Element.

Huldbrand
(erschüttert von Undine zurückweichend.) (Nach einer Pause).
Du, Du, – bist eine Nixe ? – Du ein solches Wesen?

Undine.

Nun, wie gefällt Dir dieß Geheimniß? Jetzt ist es noch Zeit, vor der Hochzeit Dich abzuwenden von mir. Wenigstens mußt Du sagen, daß ich ehrlich gegen Dich war. Willst du nun von mir scheiden?

Huldbrand (begeistert).
Nie und nimmermehr! Du bist mein; nirgend finde ich Dich anderswo. Mein Herz hast Du genommen, Du bist und bleibst in mir!

Undine (stürzt ihm zu Füßen.)
Wenn es so ist. Dank, Dank Dir, meinem edlen Retter, meinem Befreier!

Der Vorhang fällt rasch unter Donnergeroll.

III. Aufzug.

Gemach auf dem Schlosse des Herzog Heinrich.
Herzog Heinrich, Berthalda.

Herzog.

Meine theure Tochter, ich brauch' es Dir wohl nicht zu sagen, wie sehr ich um Dein Glück und Wohl besorgt bin, und da ich mich nun dem Alter immer mehr nähere, wo mir jeder Tag geschenkt ist, möchte ich Dich wohl geborgen wissen.

Berthalda.

O, ich weiß es, Vater, wie Ihr von Kindheit an liebevoll bekümmert ward und mein Leben lang wird meine kindliche Dankbarkeit nicht erlöschen. (Küßt ihm die Hand.)

Herzog.

Da ich längst Wittwer bin und Du nach meinem Tode ganz allein stehn würdest, ist es an der Zeit, Dich zu vermählen, damit Du an deinem Gemahl eine Stütze findest; denn Du bist so jung noch und unerfahren, daß Du einer solchen bedarfst, wenn ich aus diesem Leben scheiden müßte.

Berthalda.

Theurer Herzog! Ich sehe dieß sehr wohl ein; allein Euch könnte ich niemals verlassen.

Herzog.

Nun habe ich zu Deinem Besten Dir einen Gatten gewählt und Du wirst mit meiner Wahl zufrieden sein. Vor einigen Tagen habe ich an meinen Vasallen, den Ritter Huldbrand von Ringstetten, einen Schreibebrief gesandt, um ihm die Ehre, welche ich ihm durch mein Anerbieten erweisen will, kund zu geben. Stündlich erwarte ich die Antwort.

Berthalda.

O mein Vater! wie seid Ihr gütig! Huldbrand von Ringstetten ist einer der edelsten und tapfersten Ritter des ganzen Gaues. Jedes Fräulein, auch des Herzogs Tochter, darf sich glücklich schätzen, ihn Gemahl zu nennen.

Herzog.

Ohne Zweifel wird Ritter Huldbrand, statt die Antwort durch einen Boten zu senden, gleich selbst hereilen, um Dir zu Füßen zu fallen.

Berthalda.

Dieß wäre wohl möglich, denn ich traue ihm solche Courtoisie zu. (Trompetenstoß vom Thurmwarth.)

Herzog.

Hörst Du den Hornruf des Wachtthürmers? Es mag die Botschaft bedeuten. (Ein Diener tritt ein.)

Herzog.

Was deutet des Wächters Ruf?

Diener.

Durchlauchtigster Herzog! Ein Reitersmann hat sich am Thor gemeldet und bittet um Einlaß. Er trägt des Ringstettners Farben und Abzeichen.

Herzog.

Er habe Einlaß! führt ihn sogleich zu mir. Diener ab. (Zu Berthalda, welche an des Herzogs Brust sinkt.) Nun Berthalda naht die gute Stunde – vielleicht Er selbst. Darum geziemt es sich, daß Du Dich sogleich in Dein Kemenat begibst und erst wenn ich Dich rufen lasse, hier erscheinst. Berthalda mit tiefer Verbeugung ab.

Herzog (allein).

Ich hoffe, daß Ritter Huldbrand meinen Antrag angenommen hat. Niemand weiß um das Geheimniß, daß Berthalda nicht meine wirkliche Tochter und daß sie ein verlaufen Kind ist, das ich auf der Bärenjagd im tiefen Walde gefunden und zu mir genommen. Ich ließ damals Kunde verbreiten, sie sei mir von entfernten Verwandten übergeben worden. Ich behielt das Kind, weil es mir gefiel – ich möchte sagen mehr zum Zeitvertreib zog ich es auf und allmählig gewöhnte sich Berthalda gern an das Leben in der Burg eines Herzogs und vergaß endlich selbst ihres Herkommens. Da ich sie fand, sprach sie von einem Vater und einer Mutter in einem schlechten Häuschen, von einem See, von hohem Schilfe und dergleichen. Doch das Kind gefiel mir und ich wollte es behalten – und so blieb es denn bei mir bis zur Stunde – – –

Diener tritt ein, mit ihm Casperl. – Diener gleich ab.

Herzog.

Ah! Ritter Huldbrand's Botschaft! (Für sich.) Warum nicht er selbst? (Zu Casperl.) Willkommen? Ihr kömmt von Ritter Huldbrand, meinem edlen Lehensmann?

Kasperl (mit ungeheuern Reverenzen).

Unterthänigst aufzuwarten. Ich komm' von meinem gnädigen Herrn, dem hochwohlgebornen Herrn Ritter Huldbrand auf und zu Ringstetten.

Herzog.

Bringt Ihr mir wohl Kunde auf meinen Brief? Wer seid Ihr? Habt Ihr kein Antwortschreiben?

Casperl.

O sehr. Ich habe zwar keinen Brief, aber auch kein Schreiben zu übergeben. Ich bin des Herrn Huldbrand Leibknappe und Vertrauter, obschon er mir nichts anvertraut. Er hat mir dießmal den Befehl gegöben, eine schöne Empfehlung auszurichten.

Herzog.

Wie? nicht m eh r als dieß? und Solches durch einen Knappen? – Welche Art ist dieß? Warum ist Euer Herr nicht selbst gekommen? Es wäre als Vasall seine Pflicht gewesen.

Casperl.

Mein Herr ist in andern Umständen und dadurch verhindert.

Herzog.

Seid Ihr nicht klug? In welchen Umständen?

Casperl.

Er ist gestern mit seiner schönen, jungen Gemahlin in Ringstetten eingezogen.

Herzog (entrüstet.)

Wie? Was sagt Ihr? Ist es möglich? Ritter Huldbrand hat sich vermählt?

Casperl.

Ja durchlauchtigster Herzog. Dieses Eroigniß soll ich gehorsamst melden. Mein Ritter hätte dieß selbst in einem Briefe geschrieben, allein er hat sich bei seiner Hochzeit den Finger überstaucht und ist dadurch am Schreiben verhindert.

Herzog.

Ihr wagt es noch, verwegener Bursche, Spott zu treiben?

Casperl.

Und Eure Durchlauchtigkeit wagen es, eine diplomatische Person, die ich bin, eine halbe Stunde so da stehen zu lassen, ohne ihr eine Magenstärkung anzubieten? Das ist mir noch niemals passirt! Das ist eine Verletzung des Gesandtschaftsrechtes.

Herzog.

O sei ruhig; Du sollst gefüttert werden, Bursche; aber dann verlasse augenblicklich mein Schloß und sage dem Ritter von Ringstetten, daß wir uns finden werden. Unerhört! solch ein Benehmen! (Geht rasch ab.)

Casperl (allein).

– Daß wir uns finden werden – ja das glaub ich gern; d a s ist keine Kunst. Aber ich, scheint mir, werde nichts finden. – Laßt mich da stehen mir nichts, dir nichts! Voll Hunger und Durst. – Das ist keine Manier (schreit.) He da, holla! ho – wo ist der Kellermeister? wo ist die Köchin? Schlipperment! Ich bin der Casperl Larifari.

Fährt im Zimmer wüthend herum, schlägt an alle Thüren. Indem er hinausstürzt, trifft er mit dem zugleich eintretenden Koch zusammen, der Art, daß Beide rückwärts hinfallen.

Beide.

Oho, oho!

Casperl (Im Aufstehen).

Was ist denn d a s für eine dicke weiße Figur mit einer Zipfelmütze?

Koch.

Was ist denn d a s für ein komischer Kerl mit einer grünen Zipfelmütze? (Zu Casperl.) Wer ist Er?

Casperl.

Und wer ist denn Er? Ich bin Flügeladjutant des Ritters von Ringstetten, wohlverstanden?

Koch.

Und ich bin der Leibkoch des Herzogs Heinrich, aber soll ich meinen Augen trauen? Bist Du nicht mein alter Freund, der Casperl Larifari – ?

Casperl.

Und Du – bist Du nicht der ehemalige Nudelbäcker Ambrosius Schmalzmeier?

Beide.

O holdes Wiedersehen! (Umarmung.)

Duett.

(Beide.)
O welches holde Wiederseh'n,
Vor Freuden kann ich kaum mehr steh'n,
O welch ein himmlisches Entzücken,
Nach langer Trennung Dich zu blicken!

Casperl.

Wo warst Du denn die ganze Zeit?
Hat Dir das Schicksal nicht gelacht?

Koch.

Zu Haus hat's mich halt nimmer g'freut,
Weil ich im G'schäft Bankrot gemacht!
Und Du! –

Casperl.

– – Ich weiß nicht, was ich war,
Ich glaub' all' Tag der alte Narr,
Bis ich mir einen Stand erkor'n
Und endlich bin Bedienter wor'n
Beim Ritter Huldbrand von Ringstetten;
Jetzt hab'n wir Hochzeit – das ist a Metten.

Koch.

Ich bin bei seiner Durchlaucht Koch;
Und wenn's mir g'fallt, so bleib ich noch.
Ich wohn' in einem alten Stübel,
Das Übrige ist auch nicht übel;
Wir essen nicht die schlecht'sten Knochen,
Nur einmal Fastenspeis die Wochen.

Beide (wie oben).

O welches holde Wiederseh'n,
Vor Freuden kann ich kaum mehr steh'n!
O welch' ein himmlisches Entzücken,
Nach langer Trennung Dich zu erblicken!
Entzücken! Erblicken etc. (tanzen hinaus.)

––––––

Verwandlung.

Berthaldas Gemach. (Es muß ein Spiegel angebracht sein.)

Berthalda (in höchster Aufregung).

Was mußte ich vom Herzoge hören? Huldbrand verschmäht mich! Eines

Herzogs Tochter! Von allen Rittern des Gaues bin ich angebetet; Jeder möchte mich als seine Gemahlin heimführen dürfen und er, er, den ich mir selbst auserkoren hatte, er wählte sich eine Andere! O Schmach und Schande! (Tritt zum Spiegel.) Welche kommt mir nahe? bin ich nicht schön, wie keine andere? Sagt mir's nicht täglich dieser Spiegel? Der lügt nicht, der schmeichelt nicht! – Und wer mag die Glückliche sein, die jetzt an des Ritters Seite ruht, die ihn ihr Eigen nennt? Ich möchte vor Schmerz vergehen, vor Zorn und Wuth! – Weh ihm dem Schändlichen! (Wirft sich auf ein Ruhebett.)

Herzog (tritt ein).

Theure Berthalda! – Ich begreife, daß Dich die Hiobspost angegriffen hat. Auch ich bin höchst erbost über die Schmach, die uns Beiden Ritter Huldbrand angethan hat. Er hat mich, den Herzog und seinen Lehensherrn, auf's Ärgste beleidigt! Er hat Dich, meine Tochter, ebenso verletzt und gekränkt. Dieß soll ihm nicht vergessen sein.

Berthalda.

Und ich verlange Rache für die Schmach!

Herzog.

Das kann ich Dir nicht verdenken. Allein dergleichen darf nicht übereilt werden. Wir müssen die Gelegenheit abwarten zu seiner Züchtigung. Dieß erfordert aber Klugheit. Habe Geduld. Verbirg vor Jedermann Deine gerechte Entrüstung. Deine Ehre will es, daß sie bewahrt sei durch Gleichgültigkeit und stille Verachtung.

Berthalda.

Ja allerdings. Unbemerkt soll die Glut im Innern brennen, bis es an der Zeit sein wird, daß sie zur hellen Flamme auflodert.

Herzog.

Also Verstellung, Ruhe! Ich werde mich bei Ritter Huldbrand zum Besuch ansagen lassen. Du sollst mit mir nach Ringstetten ziehen. Wenn wir dort sind, wird es sich zeigen, wie ich ihn auf die demüthigendste Art strafen kann. Verlasse Dich auf mich.

Berthalda.

Ja, ich zähle auf Euern gerechten Zorn. Was mich betrifft, so werde ich nicht aus der Rolle des edelsten Stolzes fallen.

Herzog.

Treffe alle Vorkehrungen zur Abfahrt. Nimm Deine kostbarsten Gewänder, Deinen schönsten Schmuck. Du sollst in höchstem Glänze als des Herzogs Tochter auftreten.

Berthalda.

Ich bin bereit. (Beide ab.)

———

Verwandlung.

Burghof auf Ringstetten. (Ein Ziehbrunnen ist rückwärts angebracht.)
Huldbrand, Undine in schönster Ritterfrauentracht.

Huldbrand.

Nun liebes Weib, bist Du zufrieden in Deiner neuen Heimath?

Undine.

Warum willst Du mir durch solche Frage weh thun? Wäre es nicht ein Frevel, wollte ich nicht sagen, daß ich so glücklich bin, wie es nur immer ein Wesen auf Erden sein kann!

Huldbrand.

Möge es Dir immer so sein, wie es diese ersten Wochen unseres Ehestandes der Fall war. Möge nie ein Wölkchen Deine Zufriedenheit trüben. Lasse Dir sagen: Trotz des Unmuthes des Herzogs Heinrich, darüber, daß ich den Antrag, seine Tochter Berthalda zur Gattin zu nehmen, von mir gewiesen, was wohl beinah als eine Beleidigung anzusehen ist, ließ er mich seiner Gnade versichern. Ja noch mehr. Auf mein Anfragen, ob ich ihm meine Huldigung darbringen und Dich ihm vorstellen dürfe, ließ er mir sagen, er wolle mich auf Ringstetten selbst mit seiner Gegenwart beehren, da er ohnedieß eine Rundfahrt im Gau zu machen vorhabe, um, wie es alljährlich üblich, an einigen Orten Recht zu sprechen.

Undine.

Das ist wohl sehr gnädig vom Herzoge, aber ich habe eine trübe Ahnung, daß uns dieser huldvolle Besuch nichts Gutes bringt.

Huldbrand.

Warum so ängstlich, liebes Weib? Sei versichert, ich werde dafür zu sorgen wissen, daß Nichts Deine Zufriedenheit stören möge. Der Herzog ist mir viel Dank schuldig, da ich ihm nicht selten mit meinen Kriegsknechten von großem Nutzen war.

Undine.

Möge es so sein; allein ich bin und bleibe mit Angst behaftet, wenn ich auch nicht weiß, wie und warum.

Huldbrand.

Lasse Deine Sorgen. Ich will jetzt in den Forst reiten, um der Spur des wilden Ebers nachzuforschen, der uns so viel Schaden thut. Leb wohl!

Undine.

Leb wohl! bleibe nicht zu lange aus. (Huldbrand ab. Undine allein, ihm nachblickend.) Herrlicher Mann, wie liebe ich Dich. Dir, meinem Erretter, gehört meine Seele, mein Leben, das ich Dir allein ganz und gar zu danken habe.

Ein Knappe tritt ein.

Knappe.

Hohe Frau! Es ist ein alter Mann am Burgpförtlein, der Euch zu sprechen bittet, in wichtigen Angelegenheiten.

Undine.

Mag sein. Er soll kommen. (Knappe ab.)
Gleich darauf Peter, der Fischer; er eilt auf Undine zu, die ihm entgegen kömmt.

Peter.

Hohe Frau!

Undine.

Nicht so mein lieber Vater! Ich bin immer Eure Undine, Euer dankbares Kind. Was bringt Euch zu mir?

Peter.

O Ihr müßt es ja vor Allem wissen! Meine verlorene Tochter, meine Marie, die Ihr uns ersetzt habt, ist wieder gefunden.

Undine.

Ist es möglich! Sprich: wie und wo?

Peter.

Laßt's Euch erzählen. Vor wenigen Tagen nahm ich einen erschöpften und bluttriefenden Mann in meiner Hütte auf. Er war in dem nahen Finsterwald, ihr kennt ihn ja, durch den er ging, von einem Bären überfallen und elend zerfleischt worden. Er schleppte sich in die Nähe unseres Seeufers, wo ich sein Jammern hörend, ihn fand und dann mit Martha in unser Häuschen brachte. Der Arme war von dem Thiere erbärmlich zugerichtet. Wir wuschen seine Wunden, labten ihn auf alle mögliche Weise, allein es war Alles umsonst.

Undine.

Der Arme! – sprecht, wer war es denn?

Peter.

Vernehmt weiter: Mit gebrochener Stimme, seinem Ende nahe, sprach er: »Hört, gute Leute, damit ich ruhig sterben kann; hört – Euer Kind lebt – vor – Jahren – fanden wir es verirrt in dem Walde. Herzog Heinrich – wollte es auch nicht wieder zurückbringen, obgleich er wohl gewußt – wem das Mädchen gehöre. Ich mußte schwören – Nichts zu verrathen, aber – jetzt muß ich sterben und da drückt mich das Gewissen« – – mit diesen Worten starb er.

Undine.

Welch ein Geschick!

Peter.

Bald kamen wir in's Klare. Der Mann war ein alter Jäger aus dem Gefolge des Herzogs, der das Gnadenbrod bezog und in einem Häuschen lebte, wo er Rüden und Waidhunde des Herzogs zu füttern hatte. Als man ihn todt heimtrug (und ich war dabei) fand ich, denkt Euch nur, in seiner Stube das Kreuzlein hängen, das sie, als sie uns verlassen, am Halse trug.

Undine.

Ein sicheres Kennzeichen also für Euch.

Peter.

Wohl, aber wie werde ich dazu gelangen, daß man meinen Aussagen glaubt?

Undine.

Seid ruhig! Euer wiedergefunden Kind, freilich jetzt des Herzogs Tochter, wird gewiß gerne und Gott dankbar in die Arme ihrer Eltern fallen. Rechnet auf mich. Bleibt bei mir. Auch Mutter Martha soll kommen. Der Herzog und des Herzogs Tochter werden bei uns hier verweilen. Bald wird sich dann das Räthsel lösen, denn ich zähle auf des edlen Herzogs Gerechtigkeit und Wahrheitsliebe. – Kommt mit mir. Ihr sollt Euch durch Speis und Trank stärken. Ihr seid ja so weit hergegangen.

(Beide ab.)

Es ist dunkler geworden. Abendroth. Kühleborn steigt aus dem Ziehbrunnen.

Kühleborn.

Gut, daß die Wasser unterirdisch wogen, verbunden durch der Erde reiche Adern, die sich in künstlicher Verzweigung einen. So springt auch hier der kühle Lebensquell, zu dem mich, ferneher der Fluß getragen. In tiefem Schacht,
    Ich bin Undinen nah,
Denn nimmer kann ich's lassen, ihr zu folgen,
Weil unserm Elemente, unserm Reiche
Ich wieder sie gewinnen will.
    So lau'r ich
Dort unten, in des Brunnens dunkler Tiefe. –
Das holde Kind der Fluthen – uns gehört es!
Zu uns zurück verlangt's der Nixen Chor!

Steigt wieder in den Brunnen. Wassergeister schweben nebelhaft um den Brunnen.

Chor.

Undine höre unsre Klagelieder!
O komm zu uns, tauch in die Wellen nieder!
Undine, holdes Kind der blauen Wogen,
O wärst Du Deiner Heimath nie entflogen!
Undine kehr zurück in's Fluthenleben,
In Sang und Tanz mit uns dahin zu schweben,
    Undine! Undine! (Verhallend.)

Der Vorhang fällt langsam.

IV. Aufzug.

Burghof, wie vorher.
Herzog Heinrich seitwärts auf einem erhabenen Sitze. Neben ihm Berthalda.
Huldbrand, Undine. Einige Ritter und Frauen und Volk. Peter und Martha.
Ein Trompeter.
(Herzog, vom Sitze aufstehend. Trompeter stößt in's Horn.)

Herzog.

Ihr wißt es Alle, wie ich es durch meinen Herold habe verkünden lassen, daß heute der Tag ist, welchen ich auf der Burg meines getreuen Vasallen, Huldbrand zu Ringstetten, angesetzt habe, um die Gaugehörigen zu vernehmen, um Recht zu sprechen und etwa zu schlichten, was Ungehöriges vorgefallen.

Huldbrand.

Mir zur hohen Ehre habt Ihr, edler Herzog und Lehensherr, meine Burg als den Ort auserlesen zu Pflege und Rechtspruch und ich rufe sonach in Folge Eures Willens Jedermanniglich auf, mit Beschwerde oder Klage sich zu melden, damit ihm Recht werde. (Pause. Trompeter bläst wieder.) Niemand, scheint es, ist hier, der etwa Klage vorbringen möchte.

Undine.

Verzeiht, wenn ich jenen alten Mann dort, (auf Peter zeigend.) Euch Herzog, vorstelle, der nicht den Muth hat, seine Angelegenheiten vorzubringen.

Herzog.

Wer ist der Mann? Er trete vor; denn Jedermanniglich hat das Recht, mir seine Beschwerde zu sagen.

Undine (zu Peter).

So komm! Nun hast Du selbst vernommen, daß der Herzog Jedem gnädig Gehör gewährt.

Peter (wirft sich vor dem Herzog nieder.)

Gnädigster Herzog! Verzeiht einem armen Manne, der Gerechtigkeit begehrt.

Herzog.

Steh auf! Sprich frei und offen: Was ist Dir Unrecht geschehen?

Peter.

Man hat mir mein Kind geraubt. Ich verlang' es zurück. (Allgemeine Bewegung.)

Herzog.

Sprich, bekunde Deine Klage!

Peter

Vierzehn Jahre sinds freilich schon her, daß mein Töchterlein Marie sich in den Finstererwald verlaufen, damals ein dreijährig Kindlein. Wir glaubten sie von wilden Thieren zerrissen; aber vor Kurzem ward mir durch den Eid aus dem Munde eines Sterbenden die Nachricht, daß das Mägdlein geraubt wurde.

Herzog (für sich).

Gnädiger Gott! Das ist Berthalda! (zu Peter.) Wer hat Dir das gesagt?

Peter.

Der jüngst in meinen Armen gestorbene Waidknecht Wolfram, Euer alter Diener, und Ihr, Herr Herzog – ich muß es sagen, weil es so ist – Ihr habt mein Kind entführt –

Undine.

Und dieses Kind ist Eure Tochter Berthalda.

Berthalda.

Nein, nimmermehr! Es kann nicht sein.

Martha (tritt hervor).

Ja, ja, Ihr, Fräulein, seid der armen Fischerleute Kind! Und hier stehen wir, Eure Eltern!

Berthalda.

Nicht möglich! und ich will's auch nicht, daß so es sei.

Herzog.

Schweigt Alle und hört! – Ich bin des Gaues Herzog; aber vor Gott bin ich nicht besser, als Ihr alle. Wahrheit und Gerechtigkeit müssen sein, und da ist kein Unterschied auf Erden. Es ist wahr, daß ich beiläufig vor so viel Jahren ein armes Kindlein im Finsterwalde, wo ich jagend ritt, verlassen fand und zu mir nahm, aus Mitleiden und weil mir das Mägdlein gefiel. Und Niemand war bei mir als Wolfram, damals mein Waidmanns-Knappe.

Berthalda.

Und wenn auch! Wo ist der Beweis, daß ich die Tochter dieser schlechten Leute sein soll?

Undine.

Ihr seid ja die einzig angenommene Tochter des Herzogs.

Herzog.

Bei Gott, ich kann es nicht leugnen. Es ist a l s o.

Martha.

Ich bitte Euch, betrachtet Eure linke Schulter, darauf muß ein Muttermal sein, wie ein Kreuzlein.

Herzog.

Seht, seht! es ist so, wie das Weib sagt!

Berthalda.

Und wenn Alles so wäre und wenn Alles so ist. Ich will nicht armer Fischerleute Kind sein, denn ich bin des Herzogs Heinrich Tochter, als welche er mich angenommen und längst bestätigt hat.

Undine.

Wie ist es möglich! Berthalda? Ihr seid nicht glücklich, Eure Eltern gefunden zu haben?

Huldbrand.

Ihr stößt sie von Euch zurück?

Berthalda.

Was thue ich mit solchen Eltern? Der Herzog soll sie mit Gold entschädigen, dieß wird ihnen genug sein. (Allgemeine Entrüstung und Gemurmel.)

Herzog.

Ist es denn wirklich so, Berthalda? O sprich anders! Umarme Deine Mutter und Deinen Vater. Du bleibst ja doch bei mir!

Berthalda
(weist Peter und Martha zurück, die sich ihr nähern wollen).

Nie und nimmermehr! fort von mir.

Herzog.

Weh mir! So habe ich eine Schlange im Walde gefunden und habe sie an meiner Brust genährt und aufgezogen! – Hieher bin ich gekommen, um Recht zu sprechen, um Gutes zu lohnen und Böses zu strafen. So hört denn Alle, die ihr hier seid: – Ich verstoße Berthalda, denn sie ist unwerth, des Herzogs Pflegetochter zu sein. Solcher Stolz, solche Hoffart, solche Bosheit sollen nicht mit mir wohnen! fort von mir, Du Ungeheuer! Du bist nicht mehr des Herzogs Heinrich Tochter! (Stürzt hinaus.)
Es donnert, die Sonne verdunkelt sich.

Undine.

Armselige! vernimm es, wie auch der Himmel Dein Urtheil spricht. (Ab mit allen Übrigen.)
Berthalda stürzt besinnungslos zu Boden. (Allmälich erwacht Berthalda aus ihrer Ohnmacht.)

Berthalda.

Was ist's mit mir? Hatt' ich einen bösen Traum? (Blickt um sich.) O nein, nein, es ist so! Verstoßen, verlassen, Ich, eines Herzogs Tochter! – Das Kind armer Fischer! – Nein, nein! Ein goldner Faden an eine schlechte Spindel geknüpft! Schande, Schmach! Ich ertrage es nicht.
(In sich versenkt eine Weile lang auf und ab gehend.)
Das wäre kein Leben. Wohin sollte ich? Aus eines Herzogs Palast gestoßen – in eines armen Fischers Hütte! Pfui der Schande! Fort, fort! – (Verzweifelnd.) Ha, was seh ich dort? Ein Brunnen – tief und kalt. Ein Augenblick! ein rascher Entschluss und ich bin der Schmach entronnen! – Ja, da hinunter – dann ist Alles aus! (Eilt dem Brunnen zu, als ob sie sich hinabstürzen wollte.)

Kühleborn (erscheint aus der Tiefe).

Halt ein!

Berthalda.

Mein Gott, was ist's?

Kühleborn.

Halt an! Du kannst noch leben!

Berthalda.

Wer bist Du? Was willst Du von mir? Bist Du ein Gespenst, das mich schrecken will?

Kühleborn.

Ich will Dir gut; denn ich kann Dich gebrauchen.

Berthalda.

Du – mich gebrauchen? Bleib' in Deinem unterirdischen Reiche und lass mich!

Kühleborn.

Höre: Das Weib des Ritters, der Dich verschmähte, das Weib, das Du wohl hassest – Undine, – die uns da unten angehört, ist eine Wassernixe. Huldbrand weiß es wohl, aber die Minne hat ihn bethört. Wenn aber das Geheimniß zu Tage kömmt – so versinkt sie in die Tiefe, vielleicht nicht allein, sondern mit ihm.

Berthalda.

Furchtbares Gespenst! furchtbar, was Du mir geoffenbart! – – –

Kühleborn.

Nun weißt Du genug! Thue, was Du mußt, räche Dich an i h r und an
i h m . (Versinkt in den Brunnen.)

Berthalda (allein.)

»Thue, was Du mußt, räche Dich an ihm und an ihr!« Wohlan, sei'st Du ein guter oder ein böser Geist – der R a t h i s t g u t – es sei!
Schnell ab. Die Bühne wird wieder hell.

Casperl

(tritt auf mit Laterne und Schlüsselbund, etwas angetrunken).

Jetzt komm ich g'rad aus'm Keller heraus, wo ich mich mit Versteinerungen beschäftigt habe, z. B. mit dem Nierensteiner, mit dem Hörsteiner und andern dergleichen Gewächsen. Alles in Ordnung befunden. Mein Herr Ritter ist ein ganz gescheidter Cavalier. Gleich nach seiner Verheirasplung hat er mir die Kellerschlüssel übergeben und hat gesagt: »Hier ist die Klaviatur des Kellers; denn Du bist eine treue Seele und ein Mann des Vertrauens.« Und mein Herr hat ganz Recht gehabt und er ist in seinem Vertrauen nicht getäuscht worden; denn ich mische nie Wasser in den Wein. Ich trinke ihn immer pur und unverfälscht. Überhaupt bin ich ein Foind des Wassers und kann's gar nicht begreifen, wie's Leut giebt, die so viel Wasser trinken wie z. B. die Gemahlin meines Herrn Ritters; die hat eine wahre Passion auf's Wasser. Entweder trinkt's Eins oder sie pritschelt damit; und wann gerad Niemand da ist, so geht's zu dem großen Ziehbrunnen und schaut alleweil nunter. Pfui Teufel, das Wasser!

Lied.

Das Wasser ist ein Element,
Das ein gescheidter Mensch nicht kennt;
Zum Waschen laß ich's noch passiren,
Zum Trinken muß man's ignoriren.

Das Wasser ist sehr ungesund,
Drum bring ich's niemals in den Schlund;
Wozu läg denn das Bier in Fässern,
Um sich die Gurgel nur zu wässern!

Und warum gäb es wohl den Wein?
Da müßt man doch ein Esel sein,
Sich noch mit Wasser abzugeben,
Wenn ringsum blüh'n die schönsten Reben!

Darum geschätztes Publikum,
Hoff' ich, daß Sie nicht sind so dumm,
Mit purem Wasser sich zu laben,
Wenn Bier und Wein Sie können haben.

Casperl geht gegen den Brunnen, bleibt etwas vor ihm stehen, mit Verachtung hinunter sehend.

Pfui Teufel! Von dem Keller will ich nichts wissen. Von Ihnen brauch ich keinen Tropfen! Miserables – geistloses – Fluidum!

Musik. Zwei Wassergeister springen aus dem Brunnen und prügeln Casperl durch. – Geschrei. – Casperl läuft fort. Alle ab.

Herzog, Huldbrand, Undine treten ein, später Berthalda.

Herzog.

Von Schmerz gebeugt und von Wehmuth tief ergriffen, mein theurer Ritter, werde ich Euch nicht mehr lange auf Eurer Burg zur Last fallen.

Huldbrand.

Warum, edler Herzog, wolltet Ihr mich deßhalb verlassen? Wohl war es ein trübes Ereigniß, das Euch hier betraf, allein vielleicht hätte sich Berthalda noch eines Bessern besonnen.

Undine.

Es war ja nur der erste Augenblick, der das stolze Fräulein überrascht hatte.

Herzog.

In solchen Fällen kann man auch im ersten Augenblicke zeigen, wie man ist und wie man denkt. Aber wenn ich Berthalden auch immer hochmüthigen Sinnes gekannt, hätte ich ihr doch solch eine Herzlosigkeit nicht zugetraut und deßhalb verstieß ich sie. Des Menschen Herz und Gefühl geben sich allsogleich zu erkennen. Bei mir kann ein Wesen der Art nicht leben.

Huldbrand.

Und dennoch, hoher Herr, hättet Ihr vielleicht ein gelinderes Urtheil fällen können. Nun ist das arme Fräulein ganz und gar der Verzweiflung preis gegeben.

Herzog.

Das will ich auch nicht. Es soll ihr nicht an Mitteln fehlen, sich aufzuhalten, wo es ihr belieben mag. Ihrem Stande gemäß, denn sie ist und bleibt meine Ziehtochter, soll sie leben; aber fern von mir. Und dieses, werther Ritter mögt Ihr derselben in meinem Auftrage kund geben. Mein Säckelmeister wird von mir den Befehl erhalten, ihr das Nöthige zu verabreichen. Damit habe ich, glaube ich, genug gethan. Gott möge ihr die Schmach, mit der sie ihre lieben Eltern verstieß, verzeihen.

<small>Berthalda eilt herein und wirft sich dem Herzog zu Füßen.</small>

Berthalda.

Es bedarf keines Mittlers, mein gnädiger Herzog. Eure letzten Worte, die Ihr zu meinen Gunsten soeben spracht, habe ich im Eintreten vernommen. Nehmt meinen Dank für diese Gnade und für Alles, was Ihr mir von Kindheit an erwiesen habt.

Herzog.

Steh auf Berthalda. Entferne Dich aus meiner Nähe; gehe in Dich und mache gut, was Du versündigt, wenn Du es vermagst. Leb wohl! <small>(Er will fort.)</small>

Berthalda.

Nur noch ein Wort wolltet vernehmen. Ich beschwöre Euch; es ist nicht unwichtig.

Herzog.

Sprich, aber dann fliehe!

Berthalda.

Mag es Unrecht gewesen sein, daß ich meiner Abkunft mich geschämt, so war es um so thörichter von mir, da sie, wenn auch niedrig, doch ehrlich ist; allein es ist Euch ja bekannt, daß des edlen Ritter Huldbrands schöner Gemahlin Herkommen Euch ganz geheim gehalten worden. Warum verschwieg man es Euch gegenüber, der Ihr doch Huldbrands Lehensherr seid?
Huldbrand und Undine in Bewegung.

Herzog.

Ich fragte nicht danach, wohl wissend, daß der Ritter nur ein edles Weib heimzuführen befähigt sei.

Berthalda (zu Undine höhnisch).

Nun, so zeigt Euren Stammbaum, wenn er nicht etwa in den Brunnen dort gefallen ist.

Huldbrand.

Euch, Fräulein, geziemen nicht dergleichen Fragen. Nur dem Herzog wäre ich schuldig, Rede zu stehen, wenn er solches erscheischte.

Herzog.

Vielwerter Ritter, beschämt doch die ungebührliche Fragerin nd macht sie durch Eure Erklärung schweigen. (Nach einer Pause.) Nun, Ihr redet nicht? – Da muß ich wohl fragen: »Von wannen ist die holde Undine, Euer Gemahl?«

Berthalda.

Nun, keine Antwort? – So will ich Euch sagen, welch wässerigen Adels die schöne Frau ist. – Undine ist freilich absonderlichen Herkommens. – Sie ist eine Wassernixe, die den Herrn Ritter bezaubert hat!
(Undine stürzt zusammen.)

Huldbrand.

Herr des Himmels!

Herzog.

Berthalda, was sagst du? Weh dir!

Berthalda.

Nicht mir! – Weh ihr – der Wasserfee! Nun wißt Ihr's – jetzt mag geschehen, was solchem Ehebunde ziemt! (Lacht.) Hahaha! (Stürzt hinaus.)

Herzog.

Bei allen Heiligen, Ritter Huldbrand, sprecht, sprecht, was soll ich glauben?

Huldbrand (in großer Bestürzung.)

Hoher Herr! –

Herzog.

Ihr vermögt es nicht, Euch zu rechtfertigen? Nie hätte ich an derlei Mären geglaubt, wenn ich auch oft davon gehört und gelesen!– Ich beschwöre Euch: Rechtfertigt Euch; sagt: Berthalda habe schändlich gelogen, und ich will mich zufriedengeben;sagt, wer ist Eure Gemahlin?

Huldbrand.

Vermag ich's denn? – – –

Undine (erwachend.)

O sag' es! – sag' es! Ich bin ja doch verloren!

Huldbrand.

Nimmermehr! nimmermehr!

Herzog.

Fluch Euch Huldbrand, wenn es so ist. In Acht und Bann stoß ich Euch! Flieht weit, weit! Ihr seid vogelfrei!

Huldbrand.

O weh, weh! Ich bin verloren!

Herzog.

Weh Euch, die Ihr eine Fey geminnt! Verstoßen hat Euch die Christenheit! Fluch d e m , der Euch nahe bleibt! (Geht rasch ab.)

Huldbrand (umarmt Undine.)

Wenn Alles mich verläßt, mein Weib, Dir bleib ich eigen! Dir bleib ich getreu!

Undine.

O Du herrlicher Mann!
Wasserrauschen im Brunnen, der nach und nach aufquillt.
Hörst Du, sie rufen mich. Wir müssen scheiden.

Huldbrand.

Nie und nimmermehr! M e i n bist D u und D e i n bin i c h ! Was wollt' ich noch auf Erden ohne Dich!

Undine.

Nun so sei es! (Umarmt ihn.)
Donner. Kühleborn erhebt sich aus dem Brunnen. Die Bühne hüllt sich in Wolkennebel.

Unterirdischer Chor.

Undine, die Stunde ist da!
Wir sind Dir wieder so nah, so nah!
Es kommen die Wellen und Wogen,
Die Dich mit Gewalt angezogen!
Undine, Undine! – –

———

Verwandlung und Schlußtableau.

Cristallpalast, magisch blau erleuchtet. Undine und Huldbrand. Kühleborn in ihrer Mitte.

Unter Musik fällt langsam der Vorhang.

Ende.

Casperl in der Zauberflöte.

Europäisch-Egyptisches Drama
mit klassischer Musik
in 3 Aufzügen.

(Zur Einleitung kann die Ouverture aus der Zauberflöte
von Mozart gespielt werden.)

Personen.

Sarastro, privatisirender alter Magier.
Tamino, Prinz und Flötenspieler.
Pamina, dessen Gemahlin.
Nocturna, Königin der Nacht, ihre Mutter.
Erste \
Zweite } Hofdame der Königin der Nacht.
Dritte /
Papageno, Bedienter bei Sarastro.
Monostatist, Leibmohr der Königin der Nacht.
Casperl Larifari.
Grethl, dessen Frau.
Polizeidirektor.
Griesmaier, Aktuar.
Thomerl, Jäger.
Zwei Polizeidiener.
Ein zahmer Löwe.

Verschiedene Maschinerien, Flug- und Zugwerke.

I. Aufzug.

Zimmer.
Casperl tritt wüthend ein.

Casperl.

Es ist nichts mehr auf der Welt! Es ist nicht zum aushalten! Jetzt haben's mich gerad wieder aus'm Wirthshaus hinausg'worfen, und warum? Weil ich g'sagt hab, daß ich mit dem Fortschritt nicht einverstanden bin. Auf meine Äußerung, daß das Fleisch so impertinent theuer ist und ob das auch zu dem Profit gehört, den wir von der Fortschrittlerei haben, hat mir gleich der Metzger Fleischmayer eine Ohrfeigen gegeben. Mit der Bemerkung, ob das eine Errungenschaft der persönlichen Freiheit sei, hab' ich ihm den Krug auf seine rothe Nasen geworfen. Dann hat sich gleich der Bäckermeister Bretzlhuber auch d'reingemischt und ist über mich hergefallen wie ein Tiger, weil ich ihm g'sagt hab, daß sein Brod zwar zu klein im Gewicht, aber dafür auch schlecht gebacken ist. Kurz und gut: Alle sind über mich hergefallen, haben mich überwältigt und corporativ zur Thüre hinausgeworfen, dann haben mich zwei Gendarm' in Empfang genommen und nachher die Ordnung wieder herg'stellt. – Da bin ich jetzt. Aber so geht's nicht mehr. So kann ein friedliebender, solider Staatsbürger nicht mehr existiren. Ich wandere aus oder zieh mich in die Einsamkeit zurück. Auf einige Zeit werd' ich Menschenfeind und ein Bier gibt's anderswo auch. Schlechter kann's auch nimmer werden. (Ruft) Grethe! Geliebtes Weib! Charmanterl, komm ein bißl heraus zu mir!

Grethl (draußen).

Was gibts? Ich komm gleich; bin nur beim Kaffeebrennen.

Casperl.

Immer Kaffee und alleweil Kaffee!

Grethl tritt ein.

Casperl.

Nun, theure Gatterin, setze Dich in Positur und vernimm mit gerührter Aufmerksamkeit, was Dein Herr und Gemahl zu Dir spricht.

Grethl.

Das wird wieder was Gescheit's sein!

Casperl.

Ich habe einen großen Plan. Schaudere – und ergib Dich in das Unvermeidliche! füge Dich in das nothwendige Schicksal.

Grethl.

Das muß ja etwas Furchtbares sein!

Casperl (tragisch.)

Ja! ja! – Es ist furchtbarer Ernst! Höre, vernimm, merk' auf und staune: Ich werde mich auf einige Zeit in die Einsamkeit zurückziehen, denn die Menschheit hat mich ausgestoßen! –

Grethl.

Oho! was fällt denn Dir ein!

Casperl.

Ja, unglückliches Weib! Mein Entschluß ist unabwendlich. Ich werde ein einjährig freiwilliger Menschenfeind; ich will mich ganz der Constemplation widmen. – Wie lang ich mich diesem Zustande weihen werde, das hängt von Umständen und von Verhältnissen ab.

»Nach ewigen, ehernen,
Großen Gesetzen
Müssen wir Alle
Unseres Daseins
Kreise vollenden« –

sagt der verstorbene Geheime Rath von Göthe!

Grethl.

Du bist ja nicht gescheit! Und was g'schieht denn nachher mit mir?

Casperl.

Was bisher gescheh'n ist. Du lebst von unsern Capitalrenten.

Grethl.

So? – wo sind denn die?

Casperl.

Dieß wissen die Götter!

Grethl (weint.)

So behandelst Du Dein treues Weib, das für Dich so aufopfernd gesorgt hat? Das ist schändlich!

Casperl.

Ich verzichte fortan auf Deine Opfer. Tröste Dich, daß ich Dich auf einige Zeit verlasse. Das Stricksal will es so. Vielleicht kehr' ich wieder.
Grethl wirft sich auf einen Stuhl und jammert.
Der Jäger Thomerl tritt ein.

Thomerl.

Nun! Was war denn das wieder für ein Mordspecktatel mit Dir? Haben's Dich wieder einmal hinausgeworfen? Du kannst aber auch keine Ruh geben.

Casperl.

Wie? Ich – keinen Ruh geben? Bin ich nicht vom Schicksal verfolgt? Hat sich nicht Alles gegen mich verschworen? Fluch der Menschheit! Ich habe mit ihr abgerechnet.

Thomerl.

Abgerechnet – aber nichts bezahlt!

Casperl.

Einerlei! Mein Weib weiß Alles! – Ich empfehle sie Deinem Freundesschutze! (Bei Seite zu Thomerl.) Ich geh' nur auf ein paar Tag' fort in Familiengeschäften. (Laut.) Wer weiß, wann? – wer weiß, ob ich zurückkehre!! Wart' e bißl. Ich bring' Dir was.
Geht ab.

Thomerl (zu Grethl.)

Was hat er denn heut' wieder?

Grethl.

Ich glaub', er ist närrisch geworden. In die Einsamkeit will er sich zurückzieh'n als Menschenfeind.

Thomerl.

Ei, lassen's ihn nur geh'n. Er bleibt nicht lang aus. Er – ein Menschenfeind und kein Wirthshaus!?

Casperl tritt wieder ein, einen Stiefelzieher in der Hand.

Casperl.

Edler Freund! Bruder! deutscher Bruder! ich scheide. Ohne Erinnerungszeichen unserer Freundschaft kann ich nicht von Dir gehen. Nimm diesen Stiefelzieher als eine werthvolle Gabe zum täglichen Gebrauche! Er war mein liebstes! – Schütze meine Gattin! Bleib'ihr Freund. Nun lebt beide wohl! (Weint ungeheuer.)
(Er umarmt Beide.) Oh, Oh! – Oh! – Vielleicht seh'n wir uns wieder! Oh! Oh! Jetzt geh ich nur noch zum Polizei-Director und nimm von ihm Abschied; denn d e r wird mich gewiß am meisten vermissen! (Ab.)

Verwandlung.

Polizeibureau.
Actuar Griesmaier am Schreibpulte. Später der Director.

Griesmaier (vor einem Pack Acten.)

No, das ist wieder ein hübsches Packl beisammen! Was werden wir heut für einen Humor haben? – Die Schinderei wird mir bald zu arg! Jetzt sind's gerad 22 Jahr, daß ich Actuar bin. Wenn ich nicht bald Commissär werd', so geh' ich zur Eisenbahn.

Director (tritt hastig ein.)

Guten Morgen, Griesmaier!

Griesmaier.

Hab' die Ehre, Herr Director!

Director.

Schnell den Einlauf her! habe nicht viel Zeit heute.

Griesmaier.

Sogleich, Herr Director.

Director (geht an den Pack Acten).

Donnerwetter! eine hübsche Portion wieder! (Blättert und zerrt sehr hastig daran herum.) Nro. 1200: zum Commissär Stempler. Nro. 1201: ad acta. Nro. 1202: das ist ja schon lang erledigt; Nro. 1203. Sapperment! ist ja liegen geblieben. Geh'n Sie nachher gleich damit zum Herrn Commissär Langmüller, warum er den Bericht an die Regierung noch nicht gemacht hat?

Griesmaier.

Ich glaub', es fehlt noch an den Voracten.

Director.

Kreuzsapperment! Was hat denn der Herr Registrator wieder getrieben? Ich muß einmal wieder d'reinfahren. Ich glaub', die Herren sitzen zu lange im Kaffeehaus und das vermaledeite »Schöppeln!« – (Es pocht an der Thüre.) Wer kommt denn da wieder? Man hat doch keinen Augenblick Ruh' – (zornig.) herein!

Casperl (tritt mit ungeheuern Reverenzen ein).

Hab die Oehre, Herr Direcor! Unterthänigsten guten Morgen!

Director.

Potz Element! Sind Sie auch wieder einmal da, Herr Casperl? Was gibt's?

Casperl.

Ja, Herr Director, Sie werden sich sehr wundern!

Director.

Wieder einen Rausch im Wirthshaus gehabt? Einer Klage gegen Sie selbst vorbeugen, ehe die Anzeige kömmt? Ich möchte doch einmal Ruhe haben von Ihnen. Jetzt haben wir auf der Polizei schon einen ganzen Actenstoß *Personalia* über Sie! Nicht wahr, Herr Actuar?

Griesmaier.

Zu dienen, Herr Director. In diesem Jahre schon 632 Einlaufsnummern, allein Herrn Casperl betreffend, da beißt die Maus kein' Faden ab.

Director.

Und meistens Lumpereien, polizeiwidrige Aufführung und dergleichen! Ich werde Sie einmal auf 8 Tag bei Wasser und Brod einsperren lassen, damit die Geschichten ein End nehmen.

Casperl.

O Herr Director, man schikanirt mich nur, man reizt mich; da muß mir manchmal die Geduld ausgehen – – –

Director

Ja, mir muß die Geduld ausgehen! Warten Sie nur, ich komm Ihnen schon!

Casperl (in scheinheiligem Ton.)

Herr Director werden nicht lange mehr mit mir zu thun haben.

Director.

Desto besser.

Casperl.

Ich bin eben deßwegen da. Ich reise ab und bitte gehorsamst um eine Paßkarte oder einen Vorweis mit Leumundszeugniß.

Director.

Oho! scharmant! wo wollen denn Sie hin?

Casperl.

Auf alle Fäll' von hier fort. Ich halt's nicht mehr aus und will mich als Privatier in die Einsamkeit zurückziehen. Ich bin Menschenfeind geworden.

Director (lacht.)

Ha, ha, ha! Das ist ja vortrefflich! bin aber begierig, wie lange Sie's aushalten.

Casperl.

O Herr Director, da kennen Sie mich nicht: wenn ich einmal etwas vorhabe, da setz' ich's auch durch.

Director.

Gut! ganz einverstanden. Da wird die Menschheit hier wenigstens vor Ihnen Ruhe haben. Ich muß jetzt fort zur Biervisitation und Bockcommission. Der Hofbräuhausbock wird heute eröffnet. (Zu Griesmaier.) Herr Actuar: machen Sie die Sache mit Herrn Casperl ab. Adieu! Ich wünsch' Ihnen viel Glück auf die Reise; glaub' aber, daß wir uns bald wieder sehen werden. Adieu! (Geht rasch ab.)

Griesmaier.

Also, so steht's mit Ihnen, Herr Casperl?

Casperl.

Ja, so steht's mit mir.

Griesmaier.

Will man ein andres Leben anfangen? – so – da beißt die Maus kein' Faden ab. Eine Paßkarte oder ein Leumundszeugniß also? (Lacht.)

Casperl (beleidigt).

Ja, wenn ich bitten darf ganz gehorsamst.

Griesmaier.

Das werden wir gleich haben, da beißt die Maus kein' Faden ab. Aber mit dem Leumundszeugniß wird nicht viel zu machen sein.

Casperl.

Warum denn, Herr Aktuar? Ich bin, glaub' ich, so gut, wie ein anderer Bürger der Stadt.

Griesmaier.

Wie man's nehmen will.

Casperl.

Nehmen Sie's. wie Sie wollen, das ist mir sehr gleichgültig. Vorderhand ersuche ich Sie, den Befehl des Herrn Polizeidirectors zur Ausführung zu bringen.

Griesmaier.

Ich werde thun, was meine Pflicht ist, da beißt die Maus keinen Faden ab. Aber Sie haben mir Nichts zu befehlen. Verstehen Sie, Herr Casperl?

Casperl.

Nun – wenn die Maus einmal den Faden abgebissen hat – so hoff' ich, daß ich meine Sach' bekomm'! Verstehen Sie mich, Herr Griesmaier?

Griesmaier.

Hier bin ich königlicher Polizeiactuar und nicht simpler Griesmaier, wie im Wirthshaus, wo man Sie gestern hinausgeworfen hat, da beißt die Maus kein' Faden ab.

Casperl.

Ja, und wo der Herr Polizeiactuar, wie gewöhnlich, seine Zech schuldig geblieben ist und der Wirth auch nichts begehrt, damit eine hohe Polizei bei seinem schlechten Bier durch die Finger zu seh'n beliebt.

Griesmaier.

Oho – das ist Ehrenkränkung oder vielmehr Amtsbeleidigung! Da beißt die Maus kein' Faden ab. Ich werde Sie arretiren lassen.

Casperl.

Mich, arretiren?!

Griesmaier.

Ja, Sie arretiren. Das werden Sie gleich sehen. Ich laß' den Polizeisoldaten kommen.
Zieht an der Glockenschnur und läutet heftig.

Casperl.

Da muß ich Ihnen doch zuvor auch meine Ansicht sagen. (Stößt und schlägt Griesmaier.)

Griesmaier.

Infamer Bursch! (Läutet heftiger.) Heda Polizeidiener!
Ein dicker Polizeidiener tritt ein, den Casperl gleich umstößt.

Griesmaier.

Arretiren! arretiren!
Ein zweiter Polizeidiener tritt ein.
Allgemeines Geschrei und Balgerei, unterdessen fällt die Zwischengardine.

Verwandlung.

Wald. Abenddämmerung.
Die drei Hofdamen der Königin der Nacht treten ein,
häßliche alte Gesichter mit schwarzen Schleiern.

Erste Dame.

Quelle jolie soirée! Mesdames!

Zweite Dame.

Oh, charmante!

Dritte Dame.

Wirklich, ein deliciöser Abend! Ich dächte, wir setzten uns da unter den Bäumen zusammen und plauderten ein bischen.

Erste Dame.

Ja wenn die Fräuleins nur plaudern können, dann sind Sie schon *à leur aise*.

Dritte Dame.

Aber ich bitte Sie, Gräfin: haben wir nicht genug Zeit und Gelegenheit zum Schweigen?

Zweite Dame.

Die Baronin hat wohl recht: Hofdamen der stillen Nacht zu sein – das wäre genug, mein' ich!

Erste Dame.

Wie? Ist nicht unsere Gebieterin, die Königin, eine höchst respectable hohe Frau? Was ist nicht schon Alles in ihrem »Schooße« vorgegangen? Ist s i e nicht die Beschützerin der tiefsten Geheimnisse, die Weckerin der herrlichsten Gedanken?

Zweite Dame.

Allerdings; sie hat große Eigenschaften, die allgemein anerkannt sind.

Ditte Dame.

Große Eigenschaften – ja! Aber wohl auch ihre bedeutenden Schattenseiten.

Zweite Dame.

Schattenseiten? nun das mein' ich! Wo und w a n n sie erscheint, wird es d u n k e l und i h r eigenes und u n s e r eigentliches Leben beginnt erst mit der Dunkelheit.

Erste Dame.

Dafür sind wir aber auch den g a n z e n T a g frei.

Dritte Dame.

Schöne Freiheit d a s! Wie die Nachteulen, die am Tag nicht sehen. Und d a n n! welch ein langweiliger Dienst! Im Finstern umherschweben. Oder finden Sie es vielleicht besonders amüsant, meine Damen, wenn Abends der langweilige Mond oder so ein ungeschickter Komet bei uns eine Parthie Whist spielt.

Zweite Dame (lacht).

Ha, ha, ha! Ganz charmant! Ja, in der That, das ist unser reizendes Leben. Und dabei sind wir alte Jungfern geworden!

Zweite und dritte Dame lachen.

Erste Dame (entrüstet).

Comment, Mesdames! Welche Äußerungen! »alte Jungfern« ?

Dritte Dame.

Nun, ich meine, so ein paar hundert Jahre wären doch nicht übel!

Erste Dame.

Nun, mein Fräulein, so nehmen Sie Ihre Pension. Ihre Majestät die Königin haben vielleicht gerne einen Wechsel in Höchstihrem Dienstpersonale.

Zweite Dame.

Ich glaube dieß nicht; denn Ihre Majestät sind an uns gewöhnt, und wo gleich eine Andere finden?

Dritte Dame.

Ihre Majestät haben an uns t r e u e Dienerinnen. Wir haben uns immer und jederzeit discret bewährt. Erinnern Sie sich nur gefälligst der Katastrophe mit Sarastro und Prinzessin Pamina!

Zweite Dame.

Und mit dem Prinzen Tamino –

Erste Dame.

Nun, Pamina lebt recht glücklich mit ihm.

Zweite Dame.

O, s e h r. Wenn nur die Frau Schwiegermama nicht in's Haus kömmt – –

Erste Dame.

M e s d a m e s, ich bitte: Enden wir dieß Gespräch. Lassen Sie uns lieber ein Abendliedchen singen.

Zweite und dritte Dame.

Wie's Ihnen beliebt.

Terzett.

»O wie herrlich, o wie labend
Ist nach einem Sommertag
Solch ein schöner, kühler Abend,
Wo man sich erquicken mag.« ec. ec.

(Aus »Doctor und Apotheker« von Dittersdorf.)
Nun wird's aber dunkel. Ah, irre ich nicht, so holt uns auch schon der Leibmohr zum Thee.

Monostatist.
(in schwarz Tricot-Livree und goldbortirtem dreieckigen Hut, läuft herein.)
Meine Damen, meine Damen,
's ist die höchste Zeit zum Thee;
Daß Sie nicht zu Hause kamen,
Frug mich schon die *Majesté*.
Das Souper ist aufgetragen,
Und die Gäste sind schon da;
Dieses soll ich Ihnen sagen
Und warum man S i e nicht sah!

Erste Dame.
Quel horreur, Mesdames! Kommen Sie doch schleunigst! Sehen Sie, das macht wieder unser unnützes Geplauder.

Zweite Dame.
Eilen wir, schnell!

Dritte Dame (zum Mohren).
Laufen Sie voran und melden Sie, daß wir augenblicklich erscheinen werden. Brennen doch alle Stiegenlampen?

Erste Dame.
Und die Candelaber?

Monostatist.
Ja, S i e zünden freilich kein Licht an. Wenn i c h nicht wär'!
Alle ab.
Nacht. Der Vollmond geht auf.
C-dur-Flötenritornell aus der Zauberflöte, I. Act, vor der Arie des Tamino:
»Wie stark ist nicht dein Zauberton!«

Chor.
Der Flöte süßer Schall
Zieht durch den stillen Wald.
Es schlummert Alles bald.
Gut' Nacht! Gut' Nacht!

Noch tönt des Echo's Hall;
Die Vöglein ruhen lang,
Es schweiget ihr Gesang.
Gut' Nacht! Gut' Nacht!

Flötenritornell wie oben, unter welchem der Vorhang langsam fällt.

Ende des I. Aufzugs.

II. Aufzug.

Ländliche Villa mit Gitter und Gartenthor. Hundshütte.
Casperl tritt ein und sieht sich ringsum.

Casperl.

Da bin ich jetzt. Einen Tag und eine Nacht herumgestrolcht! Numero Eins: Lauter schlechte Wirthshäuser, Numero Zwei: Nichts als Dunkelheit, eine Portion Mondschein, ein Mooslager, etwas feucht zum Liegen und ein Flötenconzert. Ich weiß nicht, wer so schön geblasen hat. Ich bin d'rüber eing'schlafen. Vor einer Stund bin ich hungrig aufg'wacht, aufg'standen, weiterg'spazirt, und jetzt bin ich, ich weiß nicht wie, dahergekommen an dieses herrschaftliche Sommerlogis. Der Hunger klopft an meinen Magen und ich werde an dieses Gartenthor klopfen. Ich weiß nicht – aber meine Menschenfeindschaft scheint schon etwas im Abnehmen begriffen. Schlipperment – wenn man mir aber aufmacht – als Was soll ich mich präsentiren. Als reisender Gelehrter – glaub' ich – da ist man am interessantesten, wenn man auch nichts weiß.

Schellt heftig am Thore. Aus der Hundshütte stürzt an einer Kette befestigt ein Löwe hervor und brüllt.

Casperl (springt zurück und fällt gleich hin).

Auweh, auweh! Was ist denn das?! Das scheint ja eine Menagerie zu sein. Ein Löw! ein Löw! – Da kommen vielleicht noch andere wilde Vieher heraus! – O ich bitt recht sehr; bemühen Sie sich gar nicht. (Stimme von Innen: »Ruhig! herein!«)

Zugleich wird das Thor geöffnet und Papageno tritt heraus.

Papageno (in Livree von bunten Federn).

Wer läut't denn da so stark? Pressirt's gar so?

Casperl (aufstehend.)

Ich bitte sehr um Entschuldigung. Die Glocken geht gar so leicht. Da hab' ich a bißl zu stark ang'rissen.

Papageno.

Das ist jedenfalls keine Manier. Wer ist Er?

Casperl.

Man ist nicht »Er« – versteht E r mich? Denn Er scheint doch nur ein Domestik zu sein.

Papageno.

Wer d a herein will, hat sich jedenfalls zu legitimiren; denn d a s ist kein Wirthshaus, wo man mir nichts dir nichts so einkehren kann. Nun, w e r ist man denn?

Casperl.

Man ist, mit Respect zu melden, ein reisender Gelehrter.

Papageno.

Ah! – das ist was anders. Darf ich fragen: In welchem Fach?

Casperl.

Das behalt' ich vorläufig für mich. Verstanden? (Vornehm.) Aber, mein schöner, buntgefiederter Dienstvogel, nun ist die Frage an m ich : Wem gehört diese angenehme Sommerwohnung?

Papageno.

Verehrtester Herr Professor (denn das scheinen Sie, Ihrem Äußern nach zu urtheilen, zu sein) es ist die Villa des Prinzen Tamino aus Ägypten.

Casperl.

Ägypten? Ah! (Thut ungeheuer gelehrt.) Ägypten? Ägypten – eine sehr schöne Gegend – Ah – Ah –

Papageno.

Wir wohnen nur im Sommer hier. Im Winter logiren wir an den Catarakten des Nil's.

Casperl.

Wo man keinen Katarrh bekömmt, nicht wahr? Doch lassen wir dieses wissenschaftliche Gespräch. Er scheint nicht der Mann für so Etwas. Melde Er mich bei Seiner Herrschaft.

Papageno.

Meine Herrschaft ist nicht zu Hause. Der alte Herr trinkt »Sauerbrunnen«, und da geht die junge Herrschaft mit ihm in der Fruh spazieren.

Casperl.

Das ist eine sauere Unterhaltung; aber sag' Er mir: könnte man, bis die Herrschaft nach Haus kömmt, nicht ein kleines Etwas zum Frühstück bekommen?

Papageno (wichtig.)

Nur Eingeweihte haben Einlaß.

Casperl.

Was? nur Eingeweichte? Ja, wo kann man sich denn vorher einweichen lassen, damit man nachher Etwas zu essen bekommt?

Papageno (erhaben: singt).

Andante.

So - bald dich führt der Freundschaft Hand ins Hei - lig -thum zum

ew' - gen Band.

Geht mit großen Schritten in's Haus zurück.

Casperl (schaut ihm erstaunt nach).

Jetzt bin ich so gescheit – und so hungrig wie zuvor. – Das ist ja ein Narrenhaus – und keine Menagerie, wie ich gemeint hab'! – Da muß ich ein bißl herumspeculieren und einmal diese Sommerwohnung von allen Weltgegenden betrachten. Vielleicht finde ich eine Hinterpforte. (Ab.)

Sarastro's Stimme hinter der Scene.

Kinder, laufts doch nicht so, ich komm' ja nit nach!

Pamina (in eleganter Morgentoilette, springt herein).

Ha, ha! der Papa kömmt nicht nach!

Sarastro

(tritt ein, in langem ägyptischen Schlafrock und hohe, steife, weiße Mütze auf).

Langsam, langsam! du muthwilliges Kind! Du bist heut' wieder wie toll! Dein Mann kömmt auch erst hint' d'rein.

Pamina.

Ja, er mit seiner Flöte!

Tamino

(in phantastischem Anzuge, im Hermelinkragen und solche fürstliche Kappe auf, bläst auf einer silbernen Flöte).

Ich muß noch etwas exerciren; dann schmeckt immer das Frühstück besser d'rauf.

Pamina (spottend).

Dudl, dudl! dudl. Das Stückchen hast Du ja schon tausendmal gespielt.

Sarastro.

Ruhig, Kinder! Echauffirt euch nicht vor dem Frühstück. (Schellt an bei Thorglocke und ruft hinein.) Holla! Laßt mir 'n Lowerl los! (Das Thor geht auf, der Löwe springt heraus und liebkost Alle.) So, so, Lowerl, nicht unartig sein, brav sein! Kuschen! kuschen! (Der Löwe duckt sich.) Papageno! wo bist denn!

Papageno (kömmt heraus).

Was befehlen Dieselben?

Sarastro.

Bring's Frühstück in den ägyptischen Salon. Nichts Neu's? War Niemand da? Wo sind die babylonischen Zeitungen?

Papageno.

Hab' sie schon auf den Tisch gelegt. Ein Fremder war auch da und hat herein gewollt.

Sarastro.

Was? ein Fremder? wer? woher? was will er?

Papageno.

Ich weiß nicht. Er sagt, er ist ein Gelehrter.

Sarastro.

Brav, brav! Ein Colleg vielleicht! Kommt Kinder, geh'n wir zum Dejeuner! Lowerl, komm, komm! (Alle ab. Tamino, Flöte blasend, hintendrein.)

Monostatist (läuft von der Seite herein).

Lied.
(Melodie: »Alles fühlt der Liebe Freuden«.)
Heute komm ich wieder g'laufen
In dem allerschnellsten Schuß,
Daß ich kaum noch kann verschnaufen,
Weil ich spioniren muß.

Denn die Frauen, ja die müssen –
B'sonders meine Königin –
Was es immer gibt gleich wissen,
Und d'rum muß ich üb'rall hin.

Ganz besonders zu erfragen.
Was in diesem Haus geschieht,
Muß ich ihr gleich Nachricht sagen –
Das ist stets das alte Lied.
Und, daß sie kein Mensch kann leiden,
Hab' ich mir schon oft bedacht,
Jedermann will sie vermeiden,
Weil sie ist die schwarze Nacht!

Die verflixte Lauferei da wird mir schon bald zu arg. Natürlich, weil s i e a m Ta g nichts sieht, muß ich herumlaufen wie ein Narr, um i h r zu rapportiren. K ö n i g i n d e r N a c h t! – Von einer Königin des Ta g e s hab' ich noch nie was gehört. Aber irr' ich nicht, so nennen die Dichter die S o n n e so. Jetzt muß ich ein bißl speculiren, was da drin beim Herrn Schwiegersohn vorgeht –

(eilt hinaus und stößt an Casperl, der auf derselben Seite hereinlauft; beide fallen unter dem Geschrei »der Teufel« um.)

Monostatist (aufstehend).

Das wär' des Teufels!

Casperl (aufstehend).

Das wär' des Teufels!

Monostatist (den Casperl von unten bis oben betrachtend).

Ei was nicht gar!

Casperl (ebenso).

Ei! wär nicht übel! Ich hab' ja auf der Dult schon schwarze Menschen g'sehen. Der ist vielleicht so ein Dult-Indianer.

Monostatist.

D e r ist ja ein Hanswurst. Dessen hab' ich ja schon mehrere geseh'n. Darf ich fragen?

Casperl.

Darf ich so frei sein? S i e zuvor!

Monastatist.

Ich hab' die Ehre, bin ein Mohr.

Casperl.

Ihnen zu dienen, mein Vielwerther:
Ich bin ein reisender Gelehrter.

Monostatist.

Ei, dieß find' ich unendlich heiter,
Doch sprechen wir in Prosa weiter.

Casperl.

O eine gute Prosa ist immer ein schöner Styl.

Monostatist.

Und was ist das Leben an und für sich schon prosaisch!

Casperl.

O sehr, ja.

Monostatist.

Sie sind also ein reisender Gelehrter?

Casperl (vornehm.)

Theils reisend, theils gelehrt, je nachdem die Jahreszeiten.

Monostatist.

Da sind Sie hier am rechten Orte; denn der eigentliche Bewohner dieses Hauses ist ein Magier.

Casperl.

Schlipperment; was ist das für ein Thier?

Monostatist.

Weniger Thier, als so eine Art Kartenschlager und Zauberer; allein er ist schon etwas altersschwach und lebt so zu sagen im Austrage bei einem mediatisirten Prinzen.

Casperl.

Also ein Austrägler? – Hat er's gut?

Monostatist.

Gar nicht übel. Aber Ein Umstand ist dabei fatal.

Casperl.
Ha! ein Umstand? O, es gibt verschiedene Um- und andere Stände.

Monostatist.
Er –

Casperl.
Wer? –

Monostatist.
Nun Er –

Casperl.
Ah so! – also Er? –

Monostatist.
Ja. Er hat eine Feindin, meine Herrschaft, nämlich: die Königin der Nacht. Die haßt ihn, weil er ein Freund des Lichtes ist.

Casperl.
Er möchte ihr also bisweilen »ein Licht aufzünden.« Ich verstöhe! – Und sie möcht' »alleweil im Dunkeln munkeln« – –

Monostatist.
Man sieht, daß Sie ein Gelehrter sind; denn Sie gehen gleich auf die Verhältnisse ein.

Casperl.
Erlauben Sie: Ich befind' mich jetzt zum Beispiel in dem Verhältnis, daß ich Etwas zu essen und zu trinken möcht'.

Monostatist.
Sehr begreiflich. Nun, um Ihren Zweck zu erreichen, treten Sie ein in das Haus. Geben Sie sich als Gelehrten zu erkennen, geben Sie dem Magier ein geheimes Zeichen, dann hält er Sie für einen Freimaurer, und die kriegen Alles, was sie wollen.

Casperl.
Vielleicht auch Schläg', die ich nicht will?

Monostatist.

O nein, gewiß nicht. Nur ein geheimes Zeichen.

Casperl.

Aber was für ein Zoichen?

Monostatist.

Einen Fußtritt oder so Etwas dergleichen.

Casperl.

Auf so Etwas kommt's mir nicht an.

Monostatist.

Läuten Sie nur dreimal an der Glocke und rufen Sie: *Abracadabraburubu!*

Casperl.

Gut! es sei! Ich will Ihrem schwarzen Rathschlusse folgen.

Geht an's Haus, schellt dreimal und ruft: »Abracadabraburubu!« (Das Thor springt unter einem furchtbaren Donnerschlag auf und Casperl fällt hinein. Das Thor schließt sich.)

Monostatist.

Ha, ha, ha! – Gut. Jetzt kann sich wieder eine Confusion entwickeln, welche meiner Gebieterin Spaß macht. Schnell zu ihr! Mond verstecke Dich dazu! (Ab.)

Verwandlung.

Salon,

ägyptisch möblirt. Sphinx als Canapee. Ein goldenes Notenstehpult auf welchem Notenblätter liegen. Auf einem Tische steht ein Caffee-Service. Ägyptische Gefäße.

Sarastro. Pamina. Tamino (mit Flöte) und der Löwe treten ein.

Sarastro.

So, Kinder! Jetzt lassen wir uns den Caffee schmecken. Oder haben wir vielleicht heut' eine Cactussuppen? Die ist gut für'n Magen.

Tamina.

Nein, Papa. Heute gibt es Cocusnußmilch mit Vanille.

Sarastro.

Ah, die laß' ich mir gefallen. Die schmeckt mir. Aber weißt, Taminerl, was ich wieder a mal zum Voressen möcht'?

Tamina.

Nun, was denn, Papa.

Sarastro.

Ja, Crocodillern in der sauren Rahmsauce.

Pamina.

Die sollen Sie morgen bekommen. Ich glaube, wir haben noch ein paar Töpfchen Conserve aus Ägypten.

Sarastro.

Brav, brav! – Aber jetzt muß uns der Tamino zum Frühstück wieder ein Stückl vorspielen aus der Zauberflöten.

Tamino.

Mit Vergnügen, wenn's meinem lieben Paminchen angenehm sein kann.

Pamina.

Ich finde eben doch die Zauberflöte etwas veraltet. Etwas Neues einmal!

Sarastro.

Ja, er kann aber nichts anders.

Pamina (zu Tamino).

Du solltest doch endlich einmal etwas Neues von Richard Wagner einstudiren.

Tamino.

Ei, was denkst Du! Der ist mir viel zu schwer!

Sarastro.

Nein, und i c h bedank' mich für die Confusion. Da könnte Unser Einer närrisch werden.

Tamino.

Ja, und gar keine Melodie. D e r *genre* geht gar nicht für Flötensolo.

Pamina.

Ihr seid beide veraltet; ihr geht nicht mit dem Zeitgeist; auch in der Musik nicht.

Sarastro.

Laß mich in Ruh' mit dem Zeitgeist! Wir bleiben beim Alten; gelt, Tamino?

Tamino.

Das versteht sich. Wir beide –

Sarastro.

So geh, fang' einmal 's Blasen an. (singt.) »Dieß Bildniß ist bezaubernd schön« – Das ist doch gewiß eine schöne, gefühlvolle Arie! und noch dazu Dir gewidmet, Pamina.

Pamina.

Ja, aber damals haben wir uns noch nicht näher gekannt, Tamino und ich. Ich höre sie aber auch jetzt noch immer gern.

Tamino (fängt zu blasen an; Plötzlich wird es dunkel.)

Ich sehe die Noten nicht mehr. Die Frau Schwiegermama kommt, glaub' ich.

Königin der Nacht (tritt ein).

Ich wünsche recht guten Morgen, meine Herrschaften.

Sarastro (für sich).

Ist die auch wieder da!

Königin der Nacht.

Ich wollte nur ein bischen zusprechen und sehen, wie's euch geht.

Tamino.

Gut, gut, Frau Schwiegermaman.

Pamina.

Guten Morgen, liebe Mutter. Mein Mann wollte eben ein Stückchen auf der Flöte spielen.

Königin der Nacht.

Nun, daran will ich ihn nicht hindern.

Tamino.

Ich seh' ja die Noten nicht mehr bei der Dunkelheit, die Sie immer mitbringen.

Pamina.

Aber, lieber Tamino! Die Arie, mein' ich, solltest Du doch längst auswendig spielen können.

Königin der Nacht.

Das meinte ich auch.

Tamino.

Ich muß sie ja immer transponiren. Aus dem E s geht's nicht mehr. Ich muß die Flöte repariren lassen.

Pamina.

Das merke ich längst.

Sarastro.

Nun so blasen's halt ein anders Stückl. »Der Vogelfänger bin ich ja« oder so was.
(Zur Königin.) Nehmen's Platz, Frau Maman.

Königin der Nacht.

Danke schönstens. Ich wollte nur im Vorüberschweben meinen Besuch machen. Ich muß jetzt auf einen Moment nach Indien, Nacht zu machen. Adieu, adieu! – Auf Wiedersehen!
Geht ab. Die Scene wird wieder hell.

Sarastro.

Nun, Gott sei Dank! Jetzt sind wir der angenehmen Visite wieder los. Also, fang an, Tamino.
Papageno tritt ein.

Sarastro.

Was denn schon wieder? Kann man nicht einmal ruhig frühstücken?

Papageno.

Der gelehrte fremde Herr möcht' aufwarten.

Sarastro.

Ach, das ist was anders. Herein damit!

Papageno ab. Gleich darauf tritt Casperl unter ungeheuern Complimenten ein und springt dem Sarastro auf die Beine, daß dieser »o weh« schreit. Zugleich stößt er von rückwärts das Notenpult um ec. ec.

Casperl.

Ich habe die Oehre, g'horsamster Diener! (Für sich.) Nun, ich hoff', der hat das geheime Zeichen gemerkt.

Sarastro.

Ich bitt' aber sehr – – wen hab' ich denn das Vergnügen – – ?

Casperl (springt ihm wieder auf die Füße.)

Ich bin, ich bin, wie? merken Sie denn nichts – ich bin Gelehrter und und und – no? no?

Pamina.

Darf ich bitten, Platz zu nehmen.

Casperl.

O sehr, aber auch etwas zum Essen.

Tamino.

Wir sind gerade beim Frühstück.

Casperl.

O ich stücke mit, wenn's erlauben.

Sarastro.

Pamina, schenke dem Herrn ein!

Casperl.

Brav, brav! Was gibts denn? Ich bin von meiner gelehrten Reise etwas bedeutend appetitlich aufgelegt.

Pamina.

Ich kann Ihnen heute mit Cocusmilch *à la Vanille* dienen.

Casperl.
Wa- wa- was sag'n Sie da?

Pamina.
Cocusmilch *à la Vanille*.

Casperl.
Co-co-co-co-cusmilch? Da muß ich bitten: Der Caffee ist mir unbekannt. (Versucht und schaut in die Tasse; spuckt aus und schlägt die Tasse ec. über den Tisch hinab.) Das ist ja ein miserables Gemantsch! Pfui Teufel!
Allgemeines »Ah, Ah« und Verwunderung.

Casperl.
Ich bitte sehr – ich bin das nicht gewohnt.

Sarastro.
Bedaure. (Zu Pamina.) Laß gleich einen Caffee für diesen Herrn machen. (Pamina ab.)
Der Löwe brummt.

Casperl.
Schlapperdibix! Sie, der Löwe! Da dank' ich.

Sarastro.
O fürchten Sie nichts. Der thut nichts. Er ist ganz zahm.

Casperl.
So? – Eine angenehme Gesellschaft, das!

Sarastro.
Lassen's Ihnen nicht stören. Der Caffee kommt gleich – –

Casperl.
Ja – ich hoff's –

Sarastro.
Einstweilen, Herr Professor, erlauben Sie, daß ich Sie mit unserem Kreise bekannt mach'. Ich bin eigentlich in Ägypten als gelehrter Magier etablirt und wohne in einer Pyramide mit dem Prinzen Tamino und seiner Gemahlin, die früher meine Haushalterin war. Wir leben still und zurück-

gezogen, weil man dem Prinzen seine Besitzungen geraubt hat, wie es in Ägypten bisweilen zu geschehen pflegt.

Casperl.

Das kommt, scheint's, an andern Orten auch vor. Bei uns z'Haus heißt man's aber »Annexiren«.

Tamino.

Nun hab' ich mich ganz dem Flötenspiel gewidmet, das ich früher aus Liebhaberei getrieben.

Casperl.

Sehr merkwürdig, aber's Frühstück wär mir lieber.

Sarastro.

Im Sommer bei der schönen Jahreszeit da ziehen wir nach Europa herüber, weil ich eine Kur für meinen Unterleib gebrauchen muß. Ich trink' nemlich Karlsbader Wasser oder Kissinger.

Casperl.

Ich möcht' aber wirklich jetzt auch einmal Etwas zu trinken. Das ist keine Manier, einen so sitzen zu lassen! (Schlägt auf den Tisch.) Haben Sie denn moin geheimes Zeichen nicht begriffen?

Sarastro.

Welch' ein Zeichen?

Casperl.

Sie haben einen harten Begriff, wie es scheint.

Springt wieder auf ihn.

Sarastro.

Oho, oho! Wie kommen Sie mir vor?

Tamino.

Mein Herr, was sind das für Manieren?

Casperl.

Hungerige und durstige Manieren!

Tamino.
Aber eines gebildeten Mannes und eines Gelehrten noch überdieß – höchst unwürdig! –

Casperl.
Auch ein Gelehrter hat einen Magen, Sie flautotraversistischer Prinz!

Sarastro.
Ach! Da kommt ja der Caffee!
Pamina tritt ein mit einer Platte, auf welcher Caffegeschirr steht.

Casperl.
Nun, das ist aber Zeit gewesen!
Springt gegen sie zu. Zugleich tritt plötzliche Dunkelheit ein.

Königin der Nacht.
Ich hab' euch nur auf dem Rückwege wieder meinen Besuch *en passant* machen wollen.

Casperl.
Was ist denn das? Jetzt in aller Früh schon Nacht! Her mit'n Frühstück!
Stößt an das Caffegeschirr, das auf die Erde fällt und bricht. Alle schreien zugleich.

Pamina.
O weh! das Service!

Sarastro.
Ist die auch wieder da!

Casperl.
Das ist ja infam! Wo bin denn ich da?
Tritt dem Löwen auf den Schweif, der Löwe brüllt . . .

Tamino.
Ruhe! Ruhe!
Allgemeines Geschrei. Möbel fallen um. Schlagen und Stoßen. Unter furchtbarem Lärm und Wirrwarr fällt der Vorhang.

Ende des II. Aufzugs.

III. Aufzug.

Sarastro's Laboratorium.

Eine goldblechene Sonne hängt als großer Pendel in der Mitte rückwärts an der Wand auf einem breiten weißen Papierstreifen in Form eines Halbkreises die Himmelszeichen schwarz gemalt.
Sarastro, in blauem Schlafrock, ein weißes Schurzfell um, sitzt auf einem Lehnsessel; in der rechten Hand einen Hammer.

Sarastro.

Der Fremdling hat die Proben bestanden. Er hat die Dunkelheit besiegt und ist durch's Wasser gegangen. Ich will ihn aber noch genauer prüfen, ob er würdig ist, Bruder zu werden. (Schritte draußen.) Ah, Papageno bringt ihn.

Casperl, mit einem schwarzen Tuch verhüllt, wird von Papageno mit »links, rechts« herein-, ein paarmal im Zimmer herumgeführt, vor Sarastro hingestellt und die Verhüllung abgenommen.
Papageno tritt wieder ab.

Casperl.

Da sind wir; aber was sind denn das für Faxen? Ich hätt', glaub'ich, *so* auch 'reing'funden.

Sarastro.

Still! kein Wort! Schweigen – ist die Hauptsache. Ihre mündliche Prüfung beginnt, wenn es Ihre Absicht bleibt, in den geheimen Bund der Freimaurer einzutreten.

Casperl.

Ja, wer hat Ihnen denn so was gesagt? Ich weiß kein Wort davon. Ich mag überhaupt kein Handwerk lernen, auch die Maurerei nicht.

Sarastro.

Stille! Verschwiegenheit ist die erste Tugend des Bruders. Nur auf meine Fragen haben Sie zu antworten.

Casperl.

Wenn ich mag. Ich möcht' vielmehr – –

Sarastro.

Still! Vernimm ehrwürdiger Bruder: fühlst Du Dich stark genug, während zwölf Schwingungen des magischen Sonnenpendels hier, kein Wort zu sprechen?

Casperl.

Auf den Spaß kommt's mir auch nicht an.

Sarastro.

Nun, so stelle Dich an meine Seite.
Stößt an den Pendel, daß er sich in Bewegung setzt.
Eins, zwei (zählt bis zwölf).

Casperl.

Das ist aber sehr unterhaltlich. Gehen's, lassen's mich auch ein bißl.
Stößt immer heftiger an den Pendel, wobei er ungeheuer lacht.

Sarastro.

Siehst Du, Bruder: dieß ist das berühmte *Perpetuum mobile,* welches ich hier in meiner Zurückgezogenheit erfunden habe. So lange die Menschheit existirt, d.h. so lange es Menschen gibt, kann dieser Pendel in Bewegung gesetzt werden, und wenn es keine Menschen mehr gibt, so ist es einerlei, ob er geht oder nicht mehr geht. Dieß ist der logische Beweis des großen Mysteriums. Was sagst Du dazu?

Casperl.

Nichts; denn ich kenne ein noch wichtigeres Guheimniß. (Vornehm.) Auf dieser Welt Alles hat ein End; aber eine Bratwurst hat zwei End, wovon ein Jedes zugebunden ist.

Sarastro.

Auch dieses Geheimniß ist groß und wenn Du es einmal in einer größeren Versammlung darlegst, wirst Du zum Ehrenbruder ernannt werden. Allein zur Zeit gebiete ich Dir darüber Stillschweigen und klopfe deßhalb mit dem Meisterhammer auf den Tisch. (Thut es.)

Casperl.

Pumps! Das kann ich auch.
Schlägt mit dem Fuß auf den Tisch und den Sarastro auf den Kopf.

Sarastro.

Bruder! Das mußt Du nicht thun. Der Schlag mit dem Hammer gebührt nur einem Meister vom Stuhle, wie ich bin.

Casperl.

D'rum, mein Lieber, hab' ich meinen Fuß genommen.

Sarastro.

Auch dieß ist Dir nicht erlaubt. Die nur Brüder und nicht Meister sind, müssen schweigen und stille halten.

Casperl.

Ja, ich will aber nichts von der Bruderschaft wissen, verstanden? Sie alter, langweiliger Meister vom Stuhl!

Sarastro

Du hast Dich zu weit gewagt. Du bist in einen Theil unserer Geheimnisse schon eingedrungen und ich kann Dich nicht mehr zurück lassen. Nun heißt es für Dich: nur vorwärts, vorwärts, auf dem Pfade der Tugend und Weisheit! Verstanden?
Schlägt mit dem Hammer auf den Tisch.

Casperl.

Ich bin mir so gescheidt genug. Verstanden?
Schlägt mit dem Fuß auf den Tisch.

Sarastro.

Ruhig! Dieß ist in der geheimen Loge hier ein ungebührliches Benehmen. Bessere Dich!
Schlägt mit dem Hammer auf den Tisch.

Casperl (Schlägt mit dem Fuß auf den Tisch.)

Ich bin mein eigener Herr!
Nun schlagen Sarastro mit dem Hammer und Casperl mit seinem Fuß abwechslungsweise auf den Tisch; schließlich Casperl auf Sarastro, daß dieser bewußtlos vom Stuhle herabfällt.

Casperl.

So, jetzt bist Du auf einige Zeit still und verschwiegen, alter Esel. Unterdessen möchte ich mich aber aus dem Staub machen; denn das ist eine schauderhafte Familie, in die ich gerathen bin. Die Leute leben nur von Reis, von eingemachten Crocodilschweifeln und lauter solchen ägyptischen Speisartikeln; dann muß man den ganzen Tag das langweilige Flötenspiel des Prinzen Stramino hören und alle Augenblick kommt die Frau Schwiegermama in die Visite und da wirds immer gleich bockstechdunkel –

Königin der Nacht (tritt ein; es wird dunkel).

Wie z. B. jetzt, mein Theurer, damit Sie in meinem Schatten fliehen können, bis der betäubte, edle Weise wieder erwacht sein wird.

Casperl.

Oho! Sind Sie auch wieder da? – Aber wenn Sie mir dann zur Flucht aus dem langweiligen Nest behülflich zu sein so gefällig sein wollen, so möcht' ich auch bitten, daß Sie mir den Weg nach Haus zeigen.

Königin der Nacht.

Drei Fräulein, jung, schön, solid und weise,
Umschweben Dich auf Deiner Reise;
Sie werden Deine Führer sein,
Folg' ihrem Rathe ganz allein.

Verwandlung.

Morgenroth. Walddecoration wie im zweiten Acte.
Die drei Hofdamen der Königin. Casperl.

Erste Dame.

Ein holder Jüngling sanft und schön!

Zweite Dame.

So schön, als ich noch nie geseh'n.

Dritte Dame.

Ja, ja, gewiß zum Malen schön.

Casperl.

Was seh' ich da für drei Hexen steh'n? Ich komm aus der Zauberei gar nicht mehr hinaus. Meine schönen Damen, darf ich vielleicht fragen, womit ich Ihnen dienen kann?

Erste Dame.

Unsre Königin hat uns befohlen, Dir den Weg zu weisen.

Casperl.

Ich bitte sehr, ich kann allein schon reisen. (Für sich.) Das sind ja scheußliche G'sichter!

Zweite Dame.

Wir wollen gerne Dir gefällig sein.

Dritte Dame.

Bleibt nur zurück, ich geh' mit ihm allein.

Casperl.

O, bemüh'n Sie sich nicht. Ich war schon einmal in diesem Revier und kenn' mich ganz gut aus. Machen Sie sich gar keine Mühe. Am besten ist's, wenn Sie in das dunkle Reich zu Ihrer Gebieterin zurückkehren. (Will fort.)

Die drei Damen.

Halt, schöner Jüngling, halt, halt –

Monostatist (tritt ihnen entgegen.)

Zurückgeblieben! schöne Damen,
Gebt ihm ja nicht das Geleit!
Es ist schon zum Frühstück Zeit!
Chocolade gibt es heut!

Erste Dame.

Ei, das ist doch sehr fatal!

Zweite Dame.

Er genirt uns jedesmal.

Dritte Dame.

Ach, müssen wir denn wirklich fort,
Von dem allerliebsten Ort?

Monostatist.

Die Königin befiehlt's.

Die drei Damen und Casperl (singen).
Melodie: Zauberflöte. Schluß Nr. 5.
Lebet wohl! Wir wollen geh'n,
Lebet wohl auf Wiederseh'n!
Damen ab mit Monostatist.

Casperl (allein; hochtragisch).
Hier steh' ich jetzt, an Ehrfahrungen roicher! Ich habe meinen Menschenhaß gekühlt! – Ha, ha, ha! – Allein! Allein! – furchtbare Kluft zwischen der bewohnten Erde und der Einsamkeit des Tigers und seiner Brut an dem Fuße jener Spyramidengipfel, wovon mir der alte, weise Magier in seiner Einsamkeit erzählt hat! Menschheit! du sollst mich wieder haben! Vernimm es, du Echo dieses Waldes! Ich kehre zurück in die Sturmfluth des Lebens! Hört es! hört es!
(Man hört draußen Löwengebrüll.) Ha! – Wer antwortet mir? Welches Geschöpf brüllt mir Jubel zu, oder jubelt mir Brüllen zu? Was seh' ich? – Schlipperment! Ich glaub' der Löw' verfolgt mich. Ich bin verloren: G'schwind auf einen Baum!
Steigt auf einen Baum.

Löwe.
Elender! Wo bist Du? Ich muß Dich verfolgen; denn Du warst es, der meinen alten, weisen Herrn auf den Kopf geschlagen hat – jedenfalls sehr beschädigt – wenn nicht getödtet; n o c h liegt er bewußtlos auf dem Boden. Der Prinz und die Prinzessin sind in Verzweiflung. Die Loge steht leer und traurig. Alle Brüder suchen den Missethäter. Wenn ich ihn treffe, so zerreiße ich ihn!

Casperl (schreit auf dem Baum oben).
Zu Hülfe! zu Hülfe! Der Löw!

Löwe.
Aha? Da oben bist Du! Ich werde Dich hier unten erwarten. In meinen Rachen selbst sollst Du stürzen, Elender!

Casperl.
Auweh! auweh! helft's mir! schlagt's den Löwen todt!
Es fällt ein Büchsenschuß und der Löwe fällt um, Casperl zugleich vom Baume herab. Jäger Thomerl springt mit losgeschossener Büchse aus einem Gebüsche.

Thomerl.

Hab'n wir'n schon! Aber wie kommt denn die Bestie daher? Aus einer Menagerie vermutlich.

Casperl (springt dem Thomerl um den Hals).

Retter meines Lebens! Thomerl! So seh'n wir uns wieder?!

Thomerl.

Casperl! Du hier? Welches Wunder! Welche Verkettung von Umständen! Ich bin gerad' a bißl auf d' Jagd gangen und da lauft mir das Thier daher.

Casperl (in großartiger Rührung, erhaben).

Welches Schicksal! Welche Fügung!

Thomerl.

Nun aber gehörst Du wieder uns!

Casperl.

Ja! ich bin wieder der Eure.

Thomerl.

Laß uns zurückkehren in den Schooß Deiner Familie und Deiner Freunde!

Casperl.

Und meiner Gläubiger! –

Thomerl.

Und diese Siegestrophäe, meine Beute, nehmen wir zum Einzuge und zum Staunen der ganzen Einwohnerschaft mit.

Casperl.

Wenn auch der Löwe nur von Pappendeckel ist.

Thomerl.

Thut nichts! – Wenn Maskenzug ist, so häng' ich die Löwenhaut um!

Casperl.

So komm! – Komm!

Sie nehmen den Löwen und tragen ihn hinaus.

Verwandlung

Polizeibureau (wie im ersten Aufzuge)
Actuar Griesmaier. Polizeidiener. Lärm hinter der Bühne.

Griesmaier.

Schau'n Sie einmal hinaus, was das für ein Lärm auf der Gassen ist?

Polizeidiener.

Sogleich, Herr Actuar. Es kommt vom obern Stadtthor herein. (Ab.)

Griesmaier.

Es muß was ganz besonders sein. Heut' ist doch kein Schrannentag. (Schaut zum Fenster hinaus.) Da läuft ja die ganze Stadt zusammen!

Polizeidiener (tritt wieder ein).

Herr Actuar, es ist kaum zum glauben. Denken Sie sich: der Herr Casperl Larifari zieht feierlich ein mit einem todten Löwen.

Griesmair.

Mit einem Löwen? Ei, Sie sind nicht g'scheidt! Was fällt Ihnen ein?

Polizeidiener.

Ich versicher' Sie auf Ehr', Herr Actuar; der Jäger Thomerl und der Casperl schleppen miteinander einen leibhaftigen Löwen in die Stadt.

Griesmaier.

Das muß ich auch sehen. Geh'n wir gleich miteinander.

Director stürzt herein.

Director.

Was gibt's denn da für Dummheiten? Sitzen wir grad' beim Schöppeln, läuft Alles vor'm Haus zusammen, ein Mordsg'schrei und 's heißt, der Casperl kommt zurück und bringt einen Löwen mit. Wie wär denn das möglich!? Dummheiten das! Geh'n wir alle drei gleich miteinander hinaus! Machen Sie nur 's Bureau zu; denn so was sieht man nicht alle Tag'. Die Herrn Assessoren sollen auch mitgeh'n.

Alle ab.

Verwandlung.

Stadtstraße.

Ungeheures Volksgetümmel. Im Hintergrunde wird auf einem Wagen der Löwe heimgebracht. Kasperl. Thomerl. Jubelgeschrei. Allmälig wird es dunkel.

Casperl (schreit).

Da ist der Löw'! Da ist er!

Andere Stimmen.

Ja, wo denn?

Polizeidirector.

Wo ist der Löwe? Ich will's wissen!

Griesmaier.

Ich seh' keinen Löwen, es ist ja ganz dunkel! Bringt's doch eine Latern'!

Stimmen.

Fackeln her! Lichter her!

Casperl.

Ja, es ist halt wieder die Königin der Nacht da. Die kenn ich schon. Da ist nichts zu machen.

Königin der Nacht (vortretend).

Ja, ich bin's. Ich wünsch' dem geehrten Publicum eine recht gute Nacht!

Der Vorhang fällt.

Ende des Stückes.

Die Erbschaft

Zwischenspiel in zwei Abtheilungen.

Personen.

Casperl Larifari.
Grethl, seine Frau.
Frau Stritzlhuberin.
Jäger Thomerl.
Müller, Feuerwehrcompagnie-Commandant.
Stahlfeder, Notar.
Schnuffler, Polzeidiener.
Lisi, Köchin.
Julie, Ladenmädchen.

I. Abtheilung.

In Casperl's Wohnung (Zimmer mit Haupt- und Seiteneingang).
Grethl und Frau Stritzlhuber sitzen vor einer großen Caffeekanne.

Frau Stritzlhuber.

Ja, wissen's Frau Casperl, das ist freilich ein Unglück, wenn Eins aus der Familie stirbt; aber es ist doch oft auch ein Glück dabei – –

Grethl.

Aber die Frau Bas war halt doch gar so a brave Frau; wir hab'n zwar von ihr kein' Kreuzer g'habt und mein Mann hat oft g'sagt – tröst's Gott die Frau Bas! – sie sei als wie keine, weil sie uns ganz und gar verneglischirt; ja, und was er noch Alles g'sagt hat! Sie kennen ja mein Mann, Frau Stritzlhuberin, gelten's? wenn der amal anfangt! – –

Frau Stritzlhuber.

Na! ob ich den Herrn Casperl kenn'? Da dank' ich – – –

Grethl.

Kurz, daß ich's Ihnen sag'; wir sind eigentlich gar nicht gut g'standen mit der Frau Hintermayrin; allein ich hab's doch nit ungern g'habt: Sie war eigentlich a brave Frau und man hat ihr nichts nachsagen können.

Frau Stritzlhuber.

Das ist wahr und die Ehr' muß man ihr lassen. Die ganz Nachbarschaft hat ihren Tod bedauert und ihre Leich' war aber auch wunderschön! Die muß was kost' haben.

Grethl.

Und ob's wos kost't hat? – Haben ja den schönen Fahnen mittragen und die Musik mit die Posaunen und nicht die Wenigen von die »Herren« im Chorrock.

Frau Stritzlhuber.

Aber schön ist's, daß Ihnen was vermacht hat, wie allgemein g'sagt wird – darf ich vielleicht noch um ein Schalerl bitten? Er ist gar so gut. Ihr Caffee –

Grethl (schenkt ein).

O ich bitt' recht sehr; das freut mich ungemein, daß er ihnen schmeckt! mei'm Casperl dürft' ich mit kei'm schlechten kommen! – Ja, will ich Ihnen sagen: Heut Nachmittag hat'n der Herr Notar Federspitzer holen lassen; er hätt' ihm was zu eröffnen aus der Verlassenschaft von der Frau Bas. Nun, mein Mann ist gleich 'nüber; der Herr Notar wohnt ja um's Eck 'rum. Was mein Mann aber dort erfahren hat, das weiß ich nicht, weil er noch net zu Haus kommen ist. Ich hab' ihm g'sagt, er soll sich gleich um einen Flor schauen, denn trauern müssen wir auf jeden Fall.

Jäger Thomerl (stürzt herein, etwas angetrunken).

Mach' meine Gratulation, Madame Casperl, meine Gratulation! Eine Erbschaft von der Frau Bas! Werden's nur nicht stolz!

G'rad sagt mir mein Freund, der Casperl, im blauen Bock drüben, er hätt' beim Herrn Notar drüben ein' Sack voll Thaler zu erheben und könnt'n abholen, wann er wollt'.

Frau Stritzlhuber.

No, hören Sie's, Madame Casperl? Wie ich vermuthet hab'! Da mach' ich gleich auch meine Gratulation. Jetzt sind Sie vielleicht schon eine reiche Frau!

Grethl.

O mein Gott, wer weiß, was das für ein Bagatell ist? vielleicht nur ein Legat oder wie man's nennt. Aber ich bin doch etwas erschrocken.

Thomerl.

O das geht vielleicht in die Tausend, Madame Casperl! Denn die selige Frau Hintermairin, tröst's Gott, hat Was zusammeng'scharrt.

Grethl.

Hören S' auf, Herr Thomerl, mir wird ganz übel! (Fällt in Ohnmacht.)

Thomerl.

Da haben wir's! So ein plötzliches Glück ist schwer zu ertragen.

Frau Stritzlhuber (springt bei).

Nur ruhig, Madame Casperl, nur Fassung! Nehmen S' ein' Schluck Caffee; nacher wird die Üblichkeit gleich vorbei sein.

Grethl (erholt sich).

Ach! ich hab' halt so schwache Nerven! Wenn nur mein Mann bald nach Haus käm'!

Thomerl.

Ja, der stärkt a u c h seine Nerven im » b l a u e n B o c k « drüben und hat schon ein paar Maß verschlungen; d e r kommt gewiß g e s t ä r k t nach Haus. Uns hat er alle freigehalten; und einen Mordstrauerflor hat er um seine Kappen. Jetzt geht er nur noch zum Herrn Notar hinüber, um die Erbschaftsmassa zu holen, dann kommt er gleich nach Haus. Also: mein Compliment! meine Gratulation, ich empfehl' mich gehorsamst. (Ab.)

Frau Stritzlhuber.

Und i c h will auch nicht länger zur Last fallen und nicht unbescheiden sein. Lassen S' mich halt ferner empfohlen sein. Hab die Ehre. (Unter Reverenzen ab.)

Grethl (allein).

Ich verweiß mich gar nicht! Wenn's s o ist, könnten wir ja reiche Leute sein! Die gute Frau Bas! sie war halt doch eigentlich eine recht brave Frau! Das hab' ich immer gesagt, und besonders nach ihrem Tod. No! D i e ist gewiß gut aufg'hoben! – Gott tröst's!

Aber j e t z t muß's bei u n s anders hergeh'n! Eine Köchin müssen wir haben und einen Bedienten. Ich schaff' mir gleich eine Toilette an, nach der neu'sten Mod', hinten recht aufgepufft. Da laß' ich mir Nichts mehr nachsagen. Wenn's Geld langt, möcht' ich auch eine Equipasch, damit mir spazieren fahren können. Nun! D a werden's uns Complimenter machen, die uns bisher kaum ang'schaut haben. (Lacht.) Ha, ha, ha! Wir wollen uns sehen lassen! Unsereins weiß auch, was n o b e l ist. Und n o b e l muß's bei uns hergeh'n! Jetzt bin ich aber wirklich ganz schachmatt von dem Schrecken und muß mich ein wenig auf's Bett hineinlegen. Ab (durch die Nebenthüre).

Casperl
(tritt durch die Mittelthür ein, einen ungeheuer großen Trauerflor mit Masche um die Kappe; etwas benebelt fällt er hin).

L i e d .
In's Haus ist mir gefall'n das Glück,
D'rum bin ich's selber auch;

Das ist ja ein natürlich's G'schick,
:|: Daß ich da lieg' auf'm Bauch. :|: (rep.)

Tröst' Gott die selige Frau Bas;
Vor der hab' ich Respect.
Sie liegt ganz still jetzt unter'm Gras,
:|: Bis die Posaun' sie weckt. :|: (rep.)

Mich hat sie aber gut bedacht –
Ihr Tod thut mir sehr leid –
Hat mich zum reichen Mann gemacht,
:|: Das war doch sehr gescheit. :|: (rep.)

Sechs Wochen trag' ich einen Flor
Und zeig' mich im Gewühl;
Die ganze Stadt soll seh'n, daß ich
:|: Ein Mann bin von Gefühl. :|: (rep.)

Unter ungeheurem Weinen und Schluchzen (großes weißes Schnupftuch).

Sie ist also verschieden! die gute, gute, selige Frau Bas. Oh – oh – welche Gefühle durchwühlen jetzt mein Inneres! Der schmerzerfüllte Ernst der durch das Schicksal dieses jüngsten tragischen Ereignisses gebotenen Gemüthsstimmung mit dem frohen Bewußtsein, daß die behagliche Fügung des Geldbesitzes mir die Lust des Lebensgenusses bietet und daß die drückende Last der Schulden, die mir wie ein riesiger Schatten auf meinen Pfaden folgte, von mir gewichen und ich nun auf dem Schlummerkissen meines ruhigen Gewissens mich süß in den Schlaf wiegen kann nach mühsam durchgekämpftem Tagwerke. Oh! oh!

Setzt sich auf einen Stuhl. (In gewöhnlichem Tone.)

Aber heut' war's Bier wieder schlecht im »blauen Bock«. Elender Bierverkneiper! Von nun an werd' ich anders auftreten; denn ich bin ein wohlhabender Mann, so lang mir das Geld langt.

Unterdessen tritt Madame Grethl ein.

Casperl (fällt ihr in die Arme.)

Meine Grethl!

Grethl.

Mein Casperl!!

Beide liegen sich einige Zeit schluchzend in den Armen.

Casperl.

O Schicksal!

Grethl.
Aber d a s Glück bei dem Unglück!

Casperl.
Die gute Frau Bas! – (Hochtragisch.) Nun heißt es stark sein, das Unerwartete zu tragen. So viel Geld hab'n wir noch nicht g'seh'n. Da schau her: lauter Thaler. Der Notar schickt's nachher 'rüber.

Grethl.
Nur gleich eingesperrt, wenn's kommt, in unser Schlafkammer.

Casperl.
Deine Ansicht ist auch die meinige.

Grethl.
So – jetzt setzen wir uns noch a bißl daher und überlegen miteinander, was wir thun.

Casperl.
Zünd' aber zuvor das Licht an; denn es wird schon dunkel und da fang' ich mich zu fürchten an – wegen dem Geld, das wir jetzt kriegen.

Grethl (macht Licht).
Ei was! warum denn fürchten? Du bist doch ein kuraschirter Mann. Wer weiß denn was?

Casperl.
Nur ruhig, Grethl! Sprich nicht so laut; man könnt' draußen Was hören.
Es klopft an der Thüre.

Casperl.
Wer klopft draußen?

Stimme draußen.
Der Herr Notar läßt sich empfehlen und schickt einstweilen eine Abschlagszahlung am Legat.

Casperl.
Da haben wir's schon. Ich laß'n gleich zur hintern Thüre 'rein gehen. Ich komm gleich hinaus. (Geht hinaus.)

Grethl.

Aha! Da kommt schon eine abgeschlagene Zahlung von der Erbschaft. Nur gleich in den Kasten d'rin eing'sperrt.

Man hört einigen Lärm im Nebenzimmer, dann kömmt Casperl wieder heraus.

Casperl.

So, theure Grethl! Zwei Sackeln voller Thaler hat er gebracht! Ich hab's gleich eing'sperrt! Die sind gut aufg'hoben. Nachher kannst du's gleich anschauen, wenn wir in's Bett gehen.

Grethl.

Ja das versteht sich. Aber morgen muß gleich das Erste sein, daß ich mir in aller Früh neue Kleider anschaffe; mit dem G'wand da kann ich mich nicht mehr sehen lassen. Das wär' eine Schand. Und um eine Köchin werd' ich mich auch gleich umschau'n. Ich rühr' dir kein Pfann'l mehr an. Nur unsern Kaffee mach' ich noch in der Fruh. Das eigentliche Kochen schickt sich nicht mehr für mich.

Casperl (mit halber Stimme).

Mir ist Alles recht. Mach' was du willst. Aber ich bleib' bei meiner angebornen Lebensweis'. (Ängstlich.) Du – hast Nichts gehört? Ich mein' es hat sich da hinten Etwas gerührt. Des ist vielleicht schon ein Rauber oder wenigstens ein Dieb.

Grethl.

Geh' weiter! sei doch kein solcher Hasenfuß.

Casperl.

Ja, bedenk doch, daß wir zu ebener Erd' logiren. Da heißt's doppelte Vorsicht! ps! ps! nur still!

Grethl.

A pah! Andere Leut' logiren auch zu ebener Erd'. Wir haben ein gutes Hausthor und gute Fensterläden.

Casperl.

Jetzt weißt was, Grethl? jetzt machen wir alles gut zu und geh'n in's Bett. Meinen Nachttrunk hab' ich, und essen mag ich Nichts mehr. Die Überraschung hat mir allen Appetit verdorben.

Grethl.

Aber nicht den Durst, wie es scheint! Mir ist's recht; ich bin auch schon schläfrig. Meine Nerven sind sehr angegriffen. So geh'n wir in die Schlafkammer.

Beide sehen nach, ob Zimmerthüre und Fenster gut geschlossen: dann ab durch die Seitenthüre.

Casperl.

So – also gehen wir in's Bett! – Ich schau' schon später noch ein Mal nach. Vorsicht schadet nie, und jetzt gar – wo so viel gestohlen wird, und jetzt bei uns auch etwas zu finden wär'.

Beide ab durch die Nebenthüre. Dunkelheit. Eine kleine Pause.

Auf der Straße singt der **Nachtwächter.**

Meine Herrn und Frauen laßt euch sagen;
Geht in's Bett, die Stund' hat geschlagen;
Es ist Zeit, begebet euch zur Ruh;
Machet jetzt den Bierkrugdeckel zu!
Was soll denn das lange Trinken nützen?
Setzet lieber auf die Schlafhaubenmützen;
Machet Reu und Buß; legt euch auf's Ohr,
Aber schließt zuvor gut Thür und Thor.

Casperl kommt aus der Schlafkammer, mit einem wollenen Nachtjanker und einer ungeheuren Schlafmütze.

Casperl (mit halb ängstlicher Stimme).

Die Grethl schlaft schon wie ein Ratz. Aber mich laßt das Geld nicht ruhen und schlafen. Es gibt so viele Dieb' und Räuber, daß man nicht genug aufpassen kann. Daß ich eine Erbschaft von der Frau Bas gemacht hab', ist gewiß schon bekannt geworden – da bin ich keinen Augenblick sicher vor einem Diebstahl oder gar einem Einbruch! Auweh!

Was soll ich jetzt anfangen? Aufpassen, ob nicht ein Dieb kommt oder ein Mörder. Nachher mach' ich einen rechten Lärm und lauf' aus lauter Kurasch davon. (Man hört Schritte draußen auf der Straße.) Da geht schon Einer! Ps! Still! Da krappelt Was am Fensterladen. Die wollen mein Geld! Auweh, auweh! die Angst!

Tappt im Dunklen herum, fällt über einen Stuhl.

Auweh, auweh! Da hat man mir eine Fallen gelegt! eine Mausfallen oder eine Fuchsfallen! (Seine Angst steigert sich.) Man wird jetzt gewiß gleich einbrechen! – Der Nachtwächter ist auch nimmer da! Jetzt bin ich ganz allein! Ich bin des Todes! Mein Geld, mein Geld! Da hör' ich wieder Einen ganz verdächtig auf der Gassen geh'n. (Lauscht.) Nein! ich glaub', es ist eine Katz'! Nein! Ich bin in Todesängsten: Hülfe! Hülfe! Man will mich ermorden. (Läuft voll Angst im dunklen Zimmer herum, fällt über Tisch und Stühle.) Feuer, Feuer! zu Hülfe!

Draußen rufen Leute: »Was gibts da drinnen?!«

Casperl.

Zu Hülfe!

Stimmen draußen: »Brennt's da drinnen?! Aufgemacht!«
(Man poltert an die Fensterladen.)

Casperl.

Feuer, Feuer!

Draußen wird der Lärm immer ärger. Man hört Feuerruf. Casperl in Verzweiflung und Angst. Man hört das Feuersignalhorn. Die Hausthüre und die Fensterladen werden aufgebrochen. Müller tritt ein.

(Man hört Spritzen auffahren.)

Müller.

Was gibt's da? wer hat Feuer gerufen? wo brennt's?

Casperl (stotternd).

Ich – ich – ich – Räuber glaub' ich, vielleicht auch Feuer – – es kann ja wo brennen – – Auweh, auweh! Das ist ein schrecklicher Lärm.

Müller.

Ah! Logiren Sie da, Herr Casperl? Ja, was machen's denn für ein' Spektakel? Feuerlärm? Für nichts und wieder nichts!

Casperl.

Ich weiß von gar nichts! Ich glaub', ich hab' geträumt. Ah! Sie sind's, Herr Müller?

Müller.

Sind Sie denn närrisch, Herr Casperl? Was ist das für eine Manier? Alles in Allarm zu bringen?

Grethl stürzt im Nachtcostüm zur Seitenthüre herein.

Grethl.

Um's Himmelswillen! Was ist denn für ein Spektakl?

Müller.

Ja. Madame. Ihr Herr Gemahl ist, glaub' ich, toll geworden; er hat von Mord und Brand geträumt und die ganze erste Compagnie Feuerwehr in Allarm gebracht.

Grethl fällt in Ohnmacht.

Müller (pfeift mit der Signalpfeife und ruft.)

Hören Sie auf, meine Herren! Es ist ein Irrthum!

Chor der Feuerwehrleute draußen.

Man hat ja mitten in der Nacht
Ganz närrisch hier Allarm gemacht!
Die halbe Stadt ist aufgeschreckt.
Obgleich gar Nichts dahinter steckt.

Der Kukuk weiß, was hier geschah!
Zu solchem Spaß sind wir nicht da!
Wir nicht da,
    Nicht da,
        Da, da, da!

Der Lärm hört auf, die Leute verlaufen sich, nur Müller bleibt.

Müller, Casperl und Grethl.

Müller.

Das ist eine sehr fatale, unangenehme Affaire, Monsieur Casperl! Das kann man nicht so vorübergehen lassen. Ohne Zweifel werden Sie wegen nächtlicher Ruhestörung von der Polizei in Untersuchung gezogen werden, und die Strafe wird nicht ausbleiben.

Grethl.

Ja, mein Mann hat manchmal gar so lebhafte Träum'!

Müller.

Das bedaure ich; allein bei öffentlichen Angelegenheiten kann darauf keine Rücksicht genommen werden.

Casperl (in Positur).

Oho! – Ich glaub', daß besonders jetzt, in unserer Zeit der deutschen Einigkeit, ein jeder Staatsbürger doch wenigstens träumen kann, was er will! Umsomehr da ich mich auch in der Lage befinde, daß es mir auf ein paar Gulden nicht ankommt! Nicht wahr, Grethl! Verstehen Sie, Herr Müller?

Grethl (zu Müller).

Kann ich vielleicht mit einer Tasse Caffee aufwarten?

Müller.

Ich danke recht sehr. Ich will mich jetzt entfernen und hoffe, daß Sie keine bösen Träume mehr haben. Es könnte Ihnen doch schlecht bekommen. Adieu. (Ab.)

Casperl.

Ebenfalls adieu. Ich danke für Ihre vergebliche Bemühung.

Casperl, Grethl.

Grethl.

Aber was hast Du jetzt für ein unnöthiges Spektakel gemacht!

Casperl (hochtragisch).

Weib! – Diese Nacht war fürchterlich! Ich habe Martirstunden erlebt! Oh! – oh! – Diese Angst! diese Pein! – –

Grethl.

Du bist ein Schafskopf! Solche Ängsten für Nichts! Jetzt geh'n wir wieder in's Bett. Ich will noch ein paar Stündeln schlafen. Morgen heißt's: früh auf! Denn ich will gleich in aller Früh allerhand einkaufen und anschaffen, wie sich's für uns jetzt schickt.

Casperl.

Gut; aber zuvor laßt uns nach unserm Geld schau'n – und morgen: ein Fruhstuck – ein Fruhstuck! Grethl, du verstehst mich! Einfach – aber nobel: Caffee, Chocoladi, Bratwürst und was sich dazu gehört und so weiter *et caetera – caetera* – Bier, versteht sich!

Duett.

Casperl und Grethl.

Casperl.

O, welch ein Glück!

Grethl.

O, welch ein Glück!

Beide.

Nun sind wir wohl geborgen,
Und haben keine Sorgen!

Grethl.

Nun gibt es Rindfleisch, auch noch Braten.

Casperl.

Und, wenn wir mögen, Carbonadeln.

Casperl.

Ich brauche mich nicht viel zu plagen;

Grethl.

Ich werd' jetzt seid'ne Kleider tragen.

Casperl.

Ein Flasch'l Wein wird mich nicht mehr geniren,

Grethl.

Und, wenn's uns freut, so fahren wir spazieren.

Beide.

O, welch ein Glück, o, welch ein Glück!
O, welch ein Glück, o, welch ein Glück!
Glück, Glück, Glück!
Glück, Glück, Glück!

Gehen Arm in Arm ab.

Ende der I. Abtheilung.

II. Abtheilung.

Dasselbe Zimmer. Tag.

Casperl sitzt bei einem copiosen Frühstück. Caffeekanne. Chocolade. Bierkrug. Weinflaschen Bratwürste ec. ec.

Casperl.

Es ist wirklich so! Ich träume nicht; ich scheine zu wachen, denn acht Paar Bratwürsteln, Caffee dazu und Chocoladi und dazwischen d'rin zur

Abkühlung und Abwechslung zwei Maß Bier – diese Gegenwart, diese Wirklichkeit spürt man auf die angenehmste Weis'! – Schicksal, ich bin mit dir zufrieden. Diese Nacht aber war theilweise unruhig. Erst beim Eintritte der Morgenröthe, die ich eigentlich nicht gesehen habe, duselte ich etwas ein. Die Feuerspritzeng'schicht hat mich ganz auseinander gebracht. Dem Herrn Müller werd' ich's aber denken. Das ist keine Manier, gleich mit einer Dampfspritzen einzuschreiten. Überhaupt war dieß ein voreiliger Diensteifer. Jetzt muß ich gar noch in die »Neuesten Nachrichten« eine Danksagung einrucken lassen! – Ich will mich aber a bißl ausspaziren, vielleicht zum »blauen Bock« hinüber, damit mich die Leut' in meinem schönen Trauerflor zu sehen bekommen.

Man klopft an die Thüre.

Casperl.

Herein! Wer klopft?

(Mamsell Julie tritt ein; sie hat mehrere große und kleine *Marchande de mode-*Cartons, die sie gleich auf den Boden stellt oder fallen läßt.)

Julie.

Ich wünsch' recht guten Morgen, Herr von Casperl!

Casperl.

Aha, die nennt mich schon »Herr von«! Das macht die Erbschaft. Was wollen Sie denn, mein allerliebstes Fräulein?

Julie.

Die Sachen da hat die Madame Grethl bei meiner Prinzipalin, der Madame Seidenfaden, gekauft und schickt's her. Auch die Rechnung dazu, und ich bitte um Bezahlung, weil die Frau Gemahlin das Geld dafür nicht bei sich gehabt hat und sich auch gleich einen neuen Trauerhut und ein schwarzes Wollkleid hat geben lassen, weil's ihr so gut g'standen ist. Darf ich bitten? 's ist schon quittirt und macht nur 100 Thaler aus.

Casperl.

O, Sie Charmanterl! Nur hundert Thaler. Das ist ein guter Kauf! freilich nur ein trauriger! gehen's her; da haben Sie das Geld.

Julie.

Danke höflichst im Namen der Madame Seidenfaden. Hab' die Ehre und wir recomandiren uns.

(Ab.)

Casperl (allein.)

Die Grethl fangt gut an, das muß ich sagen. Und d i e Schachteln! Ich mag's gar nit aufmachen! Was d a drin Alles sein muß! (Es pocht wieder an die Thüre.) Oho, da klopft's ja schon wieder! Vielleicht wieder eine *Marchande de mode.* Also: Wer klopft?

Weibliche Stimme draußen: »Ich bin's«.

Casperl.

Ja, wer ist denn dieser » I c h «?

Stimme: »Die neue Köchin«.

Casperl.

Die neue Köchin?! – richtig! D i e war ja schon auf dem Kuchenzettel von unserer neuen Wirthschaft. Nun – gehen's nur h e r e i n !

Lisi (furchtbar dicke Person, tritt ein).

Ich hab' die Ehr' mich vorzustellen. Die Madame Casperl hat mich vor einer halben Stunde als Köchin aufgenommen und schickt mich zum Einstehen her.

Casperl (fällt in einen Sessel).

Ah, ah! das ist ein Meisterwerk! Mir scheint, Sie kochen für sich selbst am allerbesten. Wie heißen Sie denn bei Ihrem Taufnamen?

Lisi.

»Lisi« – wenn's Ihnen gefällig wär'.

Casperl.

»Liserl«, das ist ein schöner Namen für so eine Figur, wie Sie sind. Wir werden schon gut auskommen mit einander. Schauen's nur gleich ein wenig in d'Kuchl hinaus.

Lisi.

D a s muß ich dem gnä' Herrn im voraus sagen: ohne Hausmagd oder Kuchelmagd neben mir bin ich das Dienen nicht gewohnt; d a s muß ich mir gleich ausbedingen, wenn die Madame nach Haus kommt; nun, sie wird nicht lang mehr ausbleiben, sie macht nur noch ein paar Gäng'.

Casperl.

Ja, das ist ja herrlich! Brauchen Sie vielleicht einen Hausmeister auch noch für sich oder einen Lohnbedienten, der Ihnen den Marktkorb heimtragt?

Lisi.

Da braucht's gar keinen Spaß. Überhaupt, wie's Unsereins gewohnt ist, da werd' ich schon mit der Madame das Nähere ausmachen.

Casperl.

Sie scheinen mir ja ein ganz charmanter Dienstbot' zu sein. Jetzt wissen Sie was? warten's a bißl auf meine Frau, oder kommen Sie später wieder. Ich muß jetzt ausgehen.

Lisi.

Wie Sie befehlen, gnä' Herr. Ich kann mich ja in der Kuchl einstweilen ein wenig umschauen.

Casperl.

Schau'n Sie sich meinetwegen nach alle Seiten um. Ich geh' fort und komm' zum Essen wieder nach Haus. Kochen Sie fein was Gut's zum Einstand.
Beide ab.
Grethl (in lächerlich moderner schwarzer Toilette) tritt ein, bald darauf Frau Stritzlhuberin.

Grethl.

Das ist freilich ein ander's Leben! Wie mich die Leut' in meinen schönen Trauerkleidern ang'schaut haben! Den Respekt! Die Complimenter! Was das Geld nicht Alles macht! – Aber Geld hat's auch gekost't. Die Köchin draußen, die hat sich schon ganz eingericht't mit dem neuen Kuchelg'schirr. Heut muß sie uns gleich was Gutes kochen, damit der Casperl guten Humor's bleibt.

Wenn ich Alles zusammenrechn', so muß ich heut schon g'wiß so ein paar Hundert Thaler ausgegeben haben! Aber die Noblesse kost't Etwas; da kann man nicht sparen und deswegen haben, glaub' ich, die noblen Leut' oft gar so viele Schulden.
Frau Stritzlhuberin tritt unter großen Reverenzen ein.

Grethl (etwas vornehm thuend).

No, das ist schön, daß Sie mir bald nachgekommen sind; freut mich ungemein. Jetzt können's gleich meine neue Kucheleinrichtung sehen und meine neue Köchin.

Stritzlhuberin.

Aber die Schönheit! Die Pracht! Was Sie für eine Toilette haben! Ganz von Orleansstoff, nicht wahr? Unter zwei Gulden bekommt man die Ellen gar nicht.

Grethl.

Da muß ich schon bitten; der Stoff allein kommt auf vier Gulden die Ellen. Zum Glück hab' ich Alles schon fertig gefunden. »Wie angegossen«, hat die *Marchande de mode* g'sagt. Und meine Figur und mein Wuchs darf sich sehen lassen, d a s hat sie auch g'sagt.

Stritzlhuberin.

No, d a s will ich meinen! Was den Wuchs anbelangt – Madame Casperl – –

Grethl.

Ich bitt' Sie, Frau Stritzlhuberin, nennen's mich doch nicht immer »Madame«; w i r beide steh'n ja auf einem freundschaftlichen Fuß.

Stritzlhuberin.

Nun, wenn Sie's erlauben, sag' ich wie allweil »Frau Casperl«, das heißt: Wenn wir unter uns allein sind.

Grethl.

Heut' bleiben's aber bei uns zum Essen. Mein Mann wird gewiß den Herrn Thomerl auch einladen.

Stritzlhuberin.

Mit'm größten Vergnügen, wenn Sie's erlauben. Ich geh' einstweilen ein wenig in die Kammer oder in die Kuchl 'naus, damit ich nicht genir', wenn eine Visit kommt, denn an denen wird's heut' nicht fehlen. (Ab, durch die Seitenthüre.)

Grethl.

Wie's Ihnen beliebt, Frau Stritzlhuberin! ganz nach Ihrer Bequemlichkeit. Thun's nur, als ob's zu Haus wären. (Allein.) Jetzt muß ich mich recht im Spiegel schauen, eh' ich mein' Trauerhut 'runterthu'. – Ah, ah! (Stolzirt vor dem Spiegel auf und ab.) Ah! Ich denk': der Casperl könnt' mit einer s o l c h e n Frau zufrieden sein!
Wendet sich nach allen Seiten – tritt zurück gegen die Thür und stößt an den eintretenden Polizeidiener.

Polizeidiener Schnuffler.

Bitt' um Verzeihung! – aber ich komm' in Amtsgeschäften. Ist der Herr Casperl nicht zu Haus?

Grethl.
Was woll'n Sie von meinem Manne?

Schnuffler.
Ich bin vom Herrn Polizeikommissär g'schickt.

Grethl.
So? – Und was gibts denn so Wichtig's, daß man uns so mir nichts dir nichts mit der Polizei in's Haus kommt.

Schnuffler.
Das wird der Herr Casperl schon erfahren, wenn er nach Haus kommt. Ich mein', ich hör'n schon draußen. (Casperl lärmt draußen.) Da ist er schon!

Casperl (benebelt.)
Kurz und gut! In wenigen Monumenten habe ich Viel geleistet – aber vom besten Affenthaler! Der Thomerl hat mir beigestanden. – Wer ist denn d i e s e Figur bei der Grethl?

Schnuffler.
Keine F i g u r, sondern A m t s p e r s o n – v e r s t a n d e n?

Casperl.
Jedenfalls sind Sie hier sehr unnöthig, weil ich meinen Freund zu Tisch geladen habe, v e r s t a n d e n?

Schnuffler.
Ich bin im Auftrag des Herrn Commissärs da; verstanden? Also bitt' ich um anständiges Benehmen.

Grethl geht hinaus.

Casperl (gibt ihm eine Ohrfeige.)
Sie haben mir kein Vernehmen vorzuschreiben. Verstanden? –

Schnuffler.
Wie? wie? – Welch eine Grobheit! Das werde ich mir nicht gefallen lassen.

Casperl.
Ob es Ihnen gefällt – oder nicht gefällt, das ist mir sehr einerlei. Ich bin hier Herr im Haus. Was geht das S i e an, wenn ich Jemanden eine Ohrfeige geb, verstanden?

Schnuffler.

Der Jemand bin ich aber selbst. Verstanden? – Sie sind arretirt, Herr Casperl!

Casperl.

Was? ich arretirt?! – Jetzt machen Sie nur gleich, daß Sie hinauskommen. Packt ihn an, Prügelei. Beide fallen gegen die Thüre, zu welcher der Notar Stahlfeder hereintritt. Confusion. Thomerl kömmt auch herein. Furchtbarer Halloh.

Notar Stahlfeder (schreit.)

Ruhig, ruhig! – ein Mißverständniß! ein Irrthum!

Casperl.

'naus! 'naus!

Schnuffler.

Ruhig! da bleiben, Ruhe! Im Namen der Polizei!

Casperl.

Hier hat Niemand zu befehlen, als ich!
Er schlägt furchtbar um sich.

Köchin Lisi.

Die Knödel werden hart! Hören's doch auf, meine Herren! – (Plötzliche Stille.)

Casperl.

Ich hab' was von Knödeln gehört!

Schnuffler.

Ist Sauerkraut auch dabei?

Notar Stahlfeder.

Ich ersuche Sie, meine Herren – im Namen des Gesetzes!

Thomerl.

Ich ersuche Sie ebenfalls – im Namen der Knödel!

Notar Stahlfeder.

Wie ich gesagt habe, es war nur ein Mißverständnis. Herr Casperl, ich ersuche Sie, sich zu erklären.

Casperl (vornehm, steigt auf den Tisch).

Meine Herren! Es gibt Augenblicke im menschlichen Leben, wo wir vom Augenblicke des Monumentes hingerissen werden, allein der Mensch – –
(unterbrochen durch allgemeines B r a v o rufen – –)

Casperl.

Ja, meine Herren, ja – der Mensch, der gewissermaßen im Selbstgefühle seines Bewußtseins (immer heftiger im Affecte sich steigernd.) – im Bewußtsein, daß er, wie ich heute gethan, im Wirthshause seine Schulden bezahlt hat – meine Herren – –
Allgemeines »Bravorufen.«

Notar Stahlfeder.

Ich bitt' um's Wort –
Geschrei: »Der Herr Notar hat das Wort.«
Casperl wird vom Tisch herabpracticirt, der Notar steigt hinauf.
Allgemeines Bravo, Bravo.

Stahlfeder (auf dem Tisch oben).

Meine Herren! Ich muß bemerken, daß Herr Casperl –

Schnuffler (ihn unterbrechend).

daß der Herr Casperl wegen nächtlicher Ruhestörung zwanzig Thaler Strafe zu zahlen hat –

Casperl.

Was, wie? i c h ? Das ist eine Chicanederie!
Schlägt den Polizeidiener.

Notar Stahlfeder.

Ruhe! Ordnung!

Thomerl.

Ich möcht' einmal zu meine Knödel kommen.
Köchin L i s i bringt an einer Gabel einen großen Knödel.
A l l g e m e i n e s   G e s c h r e i: Bravo, Bravo.

Casperl (furchtbar schreiend.)

Ruhig, meine Herren! – Ruhe, Ruhe! Die Knödel!

Notar Stahlfeder.

Zum Schlusse, zum Schlusse! – Es ist notorisch und gerichtsbekannt, daß Herr und Madame Casperl Larifari sich bereits in solche Ausgaben gestürzt haben (allgemeines Murren und Brummen), daß das Legat, welches ich aus der Erbschaftsmasse der verstorbenen Frau Hintermairin auszubezahlen habe und wovon ich über Abzug der Gerichtskosten den Rest mit 3 Gulden, hiemit überbringe, erschöpft ist. (Allgemeines Ah! Ah!) Die Wirthshausschuld im »blauen Bock,« die Einkäufe der Madame Casperl an Toilette und in's Haus – u. s. w. u. s. w. – übersteigen bereits das Capital. Dies Ihnen zu eröffnen, war die Absicht meines Erscheinens. Ich bedaure es lebhaft; allein es ist so und als Notar – –

Casperl.
Hinaus mit dem Kerl; Hinaus! (Packt ihn an.)

Thomerl.
Hinaus, hinaus mit dem Friedensstörer.
Allgemeines Gelchrei und Gebalge beginnt wieder. Notar und Polizeidiener werden hinausgeworfen.

Grethl.
Casperl, es ist wirklich so, wir haben kein Geld mehr. Alles ist hin!
Fällt in Ohnmacht, Frau Stritzlhuberin ebenfalls.

Casperl (springt auf die Köchin Lisi, umarmt den Thomerl.)
Jetzt her mit die Knödel! jetzt ist der rechte Augenblick! Ich brauch' keine Erbschaft! und deßhalb werden die letzten 3 Gulden sofort versoffen. Ich will nichts als mein' guten Humor! Vivat hoch! Ich will kein Geld.

Thomerl.
Da hast recht, Freund meines Herzens! Jetzt sind wir erst kreuzfidel!

Casperl und Thomerl (mit der Köchin herumtanzend, singen.)
> Trala, tralala!
> Trala, tralala!
> O du lieber Augustin!
> 's Geld ist hin, 's Geld ist hin,
> Alles hin!
> Trala, trala!
> Trala, trala!
> Trala, trala!
> Trala, trala!

Ein rauschender Walzer; mit welchem das Stück schließt.

Schuriburiburischuribimbampuff oder Casperl als Bergknappe.*

Zauberspiel in drei Aufzügen.

---

* Mit freundlicher Bewilligung der Herren Hofmann & Hohl aus F. Pocci's: »Neues Casperltheater.« 2. Aufl. Stuttgart 1873 – abgedruckt.

Personen.

Baron Moses Goldmajer.
Esmeralda, dessen Tochter.
Casperl Larifari.
Steiger eines Bergwerks.
Der Wirth zum grünen Kranz.
Leni, Kellnerin } in dessen Diensten.
Toni, Hausknecht
Jakob, Bedienter } bei Goldmaier.
Grethl, Hausmädchen
Der Berggeist, in Gestalt eines Zwerges.
Der Mond.
Bediente, Polizeidiener ec. ec.

I. Aufzug.

Das Innere eines Bergwerkes.
An der Rückwand eine bis unter die Soffiten reichende Leiter, senkrecht an den Felsen gelehnt.
Casperl mit dem Fahrleder und Fäustel, Steiger, mit einem Grubenlicht fahren die Leiter herab, Casperl plumpst unten hin.
Casperl. Steiger.

Casperl.

Pumps! Das ist aber g'schwind gegangen!

Steiger.

So fährt man ein. Hinauf geht's freilich langsamer. Allo! vorwärts! auf!

Casperl.

Sie haben leicht »vorwärts« sagen. Wenn man 30,000 Fuß 'runter rutscht und nachher auf die Gesäßmuskeln fallt!

Steiger.

Das mußt Du Alles gewöhnen, wenn Du ein ordentlicher Bergknappe werden willst.

Casperl.

Ob ich ein ordentlicher Bergknappe werden will, das ist erst die Frag.

Steiger.

Nun, warum hast Du Dich als solcher anwerben lassen?

Casperl.

Das brauchen Sie nicht zu wissen. (Erhaben.) Mißgeschick und Schicksal! Das sind die forchtbaren Mächte, die mich in diesen dunklen Abgrund g'stoßen haben. Ich bin in diese Funsterniß herunter gerutscht, damit ich – damit ich – kurz und gut: Wenn Sie wüßten, Herr von Steiger, wie mich das Schicksal mißhandelt hat, bis ich in das Schicksal mich geschickt habe und so ungeschickt war, mich hier von Ihnen schikaniren zu lassen, so würden Sie – –

Steiger.

Hör' auf mit dem Geschwätz und geh an die Arbeit. Haue nun mit dem Fäustel die Metallsteine von der Wand herunter. In sechs Stunden hole ich Dich wieder ab, weil Du allein noch nicht sicher steigen kannst. Gib Acht, daß Dir das Grubenlicht nicht auslöscht. Höre auf Nichts und laß Dich durch Nichts irre machen. Da unten kommt oft allerhand vor, aber es thut Nichts. Der Bergknapp muß still und tapfer sein.

Casperl.

Still und tapfer? Das sind zwei Eigenschaften, an die ich mich bisher nicht recht gewöhnt hab'.

Steiger.

Sei fleißig. Wie die Arbeit, so der Lohn. Glück auf! (Steigt die Leiter hinauf, nachdem er das Grubenlicht auf einen Felsblock gestellt.) Glück auf! (Verschwindet oben.)

Casperl (ihm nachschauend).

Der g'fallt mir mit seinem »Glück auf!« Das ist freilich ein besonderes Glück, in so einem Felsenkeller 200,000 Fuß unter der Erde steinklopfen! Das ist ein Keller ohne Fässer und Flaschen. O Schicksal! – Aber jener verhängnißvolle Traum, den ich die vorige Wochen geträumt hab! wo mir das Schicksal in der Gestalt meiner geliebten Grethl in Brillantfeuer und Rakettenbeleuchtung zwischen 11 und 12 Uhr um Mitternacht erschienen ist und mit leiser Donnerstimme mir in's Ohr gelispelt hat: »Casperl! Casperl! Du bist voll Schulden; Du bist ein zu Grund gegangenes Objekt; Du bist der Verzweiflung nahe. Ich will Dich retten. Folge meinem Rathe: Melde Dich beim Bergwerksbusitzer und werd' ein Bergknappe. Das wird Dein Glück sein!« Und wie das Schicksal dieß gesagt gehabt hat, hat's drei furchtbare Kracher gethan und ich bin aufg'wacht, »Ha!« rief ich, und bin aus'm Bett g'sprungen, als ob's brennen thät und daß mein leerer Magen geklappert hat. – »Ha!« dieser Traum soll mir eine Mahnung sein. Ich folge Deiner Weisung, o Schicksul!« – Dann hab ich in mein leeres Tornisterl zwölf Zündhölzeln gepackt – denn sonst hab' ich nichts mehr gehabt – und bin halt ein Bergknapp geworden, wie Figura zeigt. Jetzt will ich aber sehen, ob mir das Schicksal Wort hält und mich nicht ang'führt hat, wie mir's schon einigemal passirt ist. Ja! Schicksal! Deinem Rufe bin ich gefolgt, jetzt ist's an mich, Dich zu rufen! Aber ein wenig muß ich doch Steiner hauen, sonst haut mich der Steiger.

Fängt an zu hauen und singt dabei.

Lied.

Das ist doch e verflixte G'schicht;
Steinklopfen bei em Stimpferl Licht;
Ich wüßt' mir schon e besser's G'schäft
Als so ein Fäustel an sei'm Heft.
Glück auf! Glück auf!

Und wenn mir gar das Licht ausgeht.
Seh' ich von vorn und hinten net;
Da steck' ich wie im Tintenfaß,
Und das ist doch ein schlechter Spaß!
Glück auf! Glück auf!

Hört zu hauen auf.

Vermaledeite Arbeit! da ist ja ein Holzhacker Nichts dagegen! Jetzt hab' ich kaum ein halbes Dutzend Steineln heruntergeklopft und bin schon steinmüd. Ja d'rum sagt man freilich mit Recht »steinmüd'«. Ich komm' mir auch vor wie ein Steinesel. Schicksal! wann kommst du? Mich hungert's und durst's.

Donnerschlag. Casperl fällt um. Ein Felsen öffnet sich und in blauer Beleuchtung erscheint der Berggeist, *ein Zwerg mit rother Kapuze und langem Barte.*

Berggeist.

Du hast das Schicksal gerufen. Es naht Dir dießmal in meiner Gestalt.

Casperl.

Schlipperment, bin ich erschrocken! Kannst denn du, kleines Wutzerl, so donnern und krachen!

Berggeist.

Wisse: ich bin der Berggeist dieses Gebirges und wohne und hause in den Tiefen dieses Bergwerkes. Eben ruhte ich in meinem Seitenkabinetchen auf meinem Canapé, um mein Gouté, welches in einem Tropfsteinragout in der Steinschneckensauce bestand, zu verzehren. Da vernahm ich an der Wand ein beständiges Klopfen, das mir sehr unangenehm war, weil ich ein bischen schlummern wollte. Um mich zu überzeugen, was dieß für ein Geklopfe sei, brach ich durch die Wand – –

Casperl.

Und nun werden Sie gesehen haben, daß ich der Klopfer war. Wie steht's aber jetzt mit uns Zwei? Wenn Sie sich als Schicksal geriren, so abonir' ich mich auf Ihre Huld und Gnad; denn bisher haben Sie – wenn Sie also mein Schicksal sind – mich hinlänglich geklopft. Auf den Rath des Schicksals, welches mir damals als meine geliebte Grethl erschienen ist, wurde ich in dieses verdammte Felsenloch getrieben. Jetzt – wenn Sie ein ordentliches Schicksal vorstellen wollen – helfen Sie mir!

Berggeist.

Es soll geschehen. Ich will Dich unter meine Protection nehmen, indem ich Dir, so oft Du mich rufst, unsichtbar zur Seite sein werde, um Deinen Wunsch zu erfüllen.

Casperl.

Dieß ist ein ganz passabel gescheidter Gedanke, insoferne mir dero Anwesenheit wirklich Etwas nutzt. Z. B. hab' ich jetzt einen bedeutenden Hunger und Durst und möchte was darauf paßt, nehmlich: zu Essen und zu Trinken.

Berggeist.

Es sei! (Donner. Casperl fällt wieder um.)

Casperl.

Sie! das Donnern verbitt' ich mir bei Ihren Kunststückeln. Es ist mir sehr unangenehm und greift meine schwachen Nerven an. Das Schießen ist mir von jeher zuwider gewesen.

Es erscheint ein gedeckter Tisch mit Speisen und Flaschen.

Berggeist.

Nun wirst Du wohl an meine Macht glauben?

Casperl.

Bravo, Herr von Berggeist!

Macht sich an's Essen und Trinken.

Berggeist.

Nun höre: Wenn Du meiner bedarfst, brauchst Du nur zu rufen: Schuriburischuribimbampuff.

Casperl.

Ah, das ist sehr kommod; aber Ihr Name ist doch e bißl schwer zu merken. Wie heißt's also?

Berggeist.

Schuri –

Casperl (nachsprechend).

Schuri –

Berggeist.

Buri –

Casperl.

Buri –

Berggeist.

Buri –

Casperl.

Buri –

Berggeist.

Schuri –

Casperl.

Schuri –

Berggeist.

Bimbam –

Casperl.

Bimbam –

Berggeist.

Puff –

Casperl.

Puff –

Berggeist.
Also sprich: wie sollst Du mich rufen?

Casperl.
Schuriburiburischuribim – bim – bim – Jetzt weiß ich schon's End nimmer.

Berggeist.

Bimbampuff!

Furchtbarer Knall: der qedeckte Tisch und der Berggeist versinken.

Casperl.

Oho! Oho! jetzt hab' ich kaum ein Bröckl g'schluckt und mein Schicksal ist sammt der *table d'hôte* verschwunden. Wen's mit dem Schuriburi jedesmal so geht, werd' ich wenig davon haben. Aber probiren kann ich's immer. Was soll ich mir z. B. jetzt wünschen? Jedenfalls aus dem Loch hinaus und – und – in ein gut's Wirthshaus. Also: Schuriburiburischuribimbampuff!

Donner. Casperl fliegt hinauf.

Rasche Verwandlung.

Ländliche Gegend.
Im Vordergrund das Wirthshaus »zum grünen Kranz« . Stühle und Tische vor der Thüre.
Im Hintergrund eine praktikable hölzerne Brücke, die über einen Bach führt.
C a s p e r l erscheint aus der Versenkung, nur mit dem Oberleibe sichtbar.

Casperl.

Ah! Das thut aber wohl! Die frische Luft und dort ein Haus, welches mir freundlich einladend zulächelt. (Steigt ganz aus der Versenkung.) A bisl damisch bin ich noch. Schuriburi, Du hast Dich gut aufgeführt. Jetzt hilf nur weiter. (Klopft an die Wirthshausthüre.) Heda! Wirthshaus! Wo ist der Dienstbot? Holla, Kellnerin! Heraus!

Wirth (ungeheuer dick, tritt aus der Thüre).

No, no, no! 's wird nit gar so pressiren. Wer macht denn so en höllisches Spektakel da heraußen?

Casperl.

Ich mach' den Spektakel; verstanden? Sie dicke Figur von einem aufmerksamen Gastgeber; so muß man's machen, daß die Leut einkehren.

Wirth.

Was? »dicke Figur?« Ich verbitt' mir diese Anzüglichkeiten auf meine behagliche Korpulenz. Überhaupt verlange ich von meinen Gästen ein anständiges Betragen.

Casperl.

Das hätten S' lieber gleich an die Thür schreiben sollen oder auf's Wirthshausschild. Vermuthlich wird man bei Ihnen auch anständig blechen müssen, weil Sie so einen dicken Wanst haben.

Wirth.

Keine Anspielungen auf meine Personalität! Sie sind auch kein Muster von Schönheit mit Ihrer rothen Nasen und der Zipfelkappen. Ha, ha, ha! (Lacht.)

Casperl.

Was Nasen? Zipfelkappen? Sie sind ein Grobian. (Gibt ihm eine Ohrfeige.)

Wirth.

Oho' Schlapperment! Da hab'n S' die Antwort.
<small>Schlägt Casperl. Balgerei, in welcher Casperl niederfällt; Wirth auf ihn.</small>

Casperl.

Wart' nur, Du Bierfaß! – Schuriburiburischuribimbampuff zu Hülfe! (Donner. Der Wirth wird in ein Bierfaß verwandelt.) So, das ist Deine wahre Gestalt.
<small>Aus dem Wirthshaus tritt die Kellnerin.</small>

Kellnerin.

Was ist denn da für ein Lärm?

Casperl.

Engelswesen, sei gegrüßt! Lassen wir diesen Lärm bei Seite; führ' mich lieber in die Gaststuben, da wollen wir weiter reden.

Kellnerin.

Woll'n S' e bisl zusprechen? Das ist recht. Kommen S' nur herein.
<small>Beide ab in's Wirthshaus.</small>

Hausknecht (tritt ein.)

Das ist aber eine Hitz heut'! Da heißt's schwitzen, wenn man das Halbstündel in's Bräuhaus 'rüber marschirt, um wieder Bier zu b'stellen; denn das geht bei uns all bot aus, weil der Wirth am meisten mitthut. (Das Faß erblickend.) Schau, da hat der Bräumeister schon a Faßl 'rüberg'schickt, während ich im Bräustübl a Maß trunken hab. Gut, das woll'n wir gleich in die Schenk praktiziren.
<small>Geht an's Faß und will es fortrollen.</small>

Wirth. (im Faß).

Aussilassen! Aussilassen!

Hausknecht.

Oho! was ist denn das ? ich mein', das Faßl redt!

Wirth.

Ich verstick' ja! helft's mir raus!

Hausknecht.

Alle guten Geister! Das Faß ist behext. Da ist der Teufel d'rin! (Läuft fort.)

Wirth.

Ich verstick, ich halt's nimmer aus! helft's mir!

Der Vorhang fällt.

II. Aufzug.

Salon, elegant möblirt.
Baron Goldmajer sitzt im golddurchwirkten Schlafrock auf einem Canapee, er liest Zeitungen, vor ihm ein Tisch mit Frühstücksservice. Etwas im Hintergrund steht ein großer Schrank, worauf geschrieben: Cassa.

Goldmajer.

Bin ich doch, waaß Gott, e vornehmer Mann! Hab' mir gemacht e grauß Vermögen, bin e reicher respectirlicher Herr; darum bin ich aach geworden Baron, hab' mir gekauft a Diplom. Und jetzt sitz ich beim Caffee im terkische Schlafrock, hat mich gekost 200 Gilden in Constantinopel. Will lesen in der Zeitung und kratz mich, wo's mich juckt. Na! Was schreiben se wieder in de Blätter? Bankaktien: Achtundneunzig. Pfui! das is mir zu wenig. Pexbacher: Da ließ sich was machen. Aber ich hab' genug. Amerikaner: sind mer zu hoch. Aber ich will doch geh'n auf die Börs. Wenn kommt der Baron Goldmajer, ist's, als ob käm' a grauße Panik unter die ganze Versammlung, weil der Baron Goldmajer schlägt Alles nieder. (Ruft.) Jakob! Jakob! – No wo bist de denn. Jakob!?

Jakob (tritt ein).

Was befehlen der Herr Baron?

Goldmajer.

Will ich geh'n auf die Börs. Sog dem Hausmädchen, daß abgeräumt werd' das Caffeegeschirr. Sind noch übrig zwei Bretzeln. Die kann bekommen das Küchenpersonal, wenn sie net will meine Tochter die Baronesse Esmerald. Und daß mir Nichts wegkommt von dem Zucker! sind noch verzehn Stückche da. (Im Gehen.) Jakob!

Jakob.

Herr Baron befehlen?

Goldmajer.

Um 12 e Vertel will ich fahren spazieren und Visit machen bei Seine Excellenz dem Minister von die Finanzen. Muß ich mit ihm sprechen wegen dem Verzigmillionenanlehen. Hast de verstanden, Jakob?

Jakob.

Gehorsamster Diener, Herr Baron.

Goldmajer.

Jakob! hast de verstanden? Und soll der Kutscher anspannen die neuen Goldfüchs; haben mich gekost't 200 Luisd'or. (Geht ab.)

Jakob (allein.)

No, das ist Einer! Wenn ich nur sein Geld hätt'. Das Andere könnt' er Alles behalten. Jetzt will ich aber gleich die Grethl 'raufschicken zum Abräumen. Ein Jahr bleib ich vielleicht noch; aber nachher privatisir' ich. (Ab.)

Casperl.

Fliegt von oben herab auf den Frühstückstisch, so daß Alles in Scherben bricht.

Pumps Dich! Dießmal hat mir das Schicksal eine kuriose Direktion gegeben. Es hat mich in den Caffee gesetzt; allweil besser als in's Pech oder in die Tinten. Mein Wunsch war aber, zu meiner Grethl zu kommen, deren Aufenthalt mir unbekannt. Weil ich jetzt ein Zaubersprüchli hab', kann ich sie ja heirathen. Aber wie? Sollte sie unter solch glänzenden Umständen ihren Caffee getrunken haben? In so einem Prachtlogis? – Ha! ich will nicht hoffen! Sollte die Treue ihres Herzens gewackelt haben? (Weint und wirft sich auf's Canapee. Lärm von Außen.) Da kommt Jemand. Ich muß mich verstecken. Aber wohin? Schicksal hilf! Schuriburiburischuribimbampuff! (Die beiden Thüren des Cassaschranks öffnen sich.) Ha, ich verstehe. (Springt hinein und die Thüren schließen sich wieder.)

Grethl (tritt ein.)

Alle Tag und alle Tag muß ich das Caffeeg'schirr abholen; Das wär' doch eigentlich dem Jakob sein Dienst, aber der macht sich's kommod thut nur, was er mag und dirigirt das ganze Haus und den Herrn Baron selbst, der's nicht merkt, wie er dabei noch betrogen wird, weil er ihm recht schmeichelt. (Bemerkt, daß Alles zerbrochen.) Um's Himmels willen! Alles in Scherben? Alles zusammeng'schlagen! Wie ist jetzt das gescheh'n? (Casperl rüttelt im Kasten.) Nun! was ist denn das für ein Lärm? wird doch Niemand im Geldkasten stecken?

Casperl (im Schranke).

Schurischuri!

Grethl.

Ich kenn' mich gar nit aus! den Schrecken! (Ruft.) Herr, Jakob! Herr Jakob! Casperl rüttelt wieder im Schranke.

Jakob (tritt ein).

Nun, was gibt's denn? Warum ruft sie mir?

Grethl.

Da schau'n S' her, Herr Jakob!

Jakob.

Wie? Das ganze Service zerbrochen? Da war sie wieder einmal recht ungeschickt. Gratulire, wenn's der Baron erfahrt! Das kann ihr den Dienst kosten.

Grethl.

Ich hab's nicht gethan; wie ich herein bin, war schon Alles in Scherben.

Jakob.

Pah! pah! leugne sie's nur nicht. Sie hat's doch gethan. Es war ja sonst Niemand im Zimmer.

Grethl.

Ich kann's beschwören, daß ich unschuldig bin; aber da schottelt's immer in dem Kasten. Da hat sich gewiß Jemand versteckt.

Jakob.

Das auch noch! Die Ausrede ist doch gar zu einfältig. Wer sollte denn da

hinein gekommen sein? Zum Cassaschrank hat nur der Herr Baron den Schlüssel und der ist ja voller Geldsäck und Papieren. Und das Service hin, das dem Baron Fräulein Esmeralda erst zum Geburtstag geschenkt hat! (Man hört Schritte.) Auweh! da kömmt er.
     Goldmajer lächerlich elegant gekleidet tritt ein.

Goldmajer.

Was man nicht hat im Kopf, das muß man haben in die Bein. Hab' ich vergessen mein' Brieftasch', die ich gebrauch für die Notizen, die ich mir mach auf der Börs. Aber was seh ich? Was habt ihr Zwei noch da zu schaffen? Warum ist noch nit abgeräumt?

Jakob.

Ja, es ist ein Unglück geschehen.

Goldmajer.

En Unglück? Was ist geschehen für en Unglück?

Jakob.

Die Grethe hat 's ganze schöne Service zerbrochen.

Goldmajer.

Wie? Was? Mein kostbars Geschirr! Was mer geschenkt hat zum Präsent meine Tochter, die Baronesse? Wer hat 's gethan? Hat 's werklich gethan die Grethe?

Grethl.

Nein, Herr Baron; ich war 's gewiß nicht.

Goldmajer (im höchsten Zorn).

No! wer soll's haben zerbrochen? das kostbare Service, was gekost't hat fünfundverzig Thaler! Jakob! hat Er 's verbrochen.

Jakob.

Ich war gar nicht im Zimmer, Herr Baron. Wie sollt' ich's zerbrochen haben? Die Grethe war's; da kann gar kein Zweifel sein.

Goldmajer.

Wenn 's ist gewesen die Grethe, so kann ich net mehr gebrauchen so 'ne ungeschickte Person. Sie muß gleich aus mei'm Haus. Fort! fort! hinaus!

Grethl (weinend.)

Das hab' ich nicht verdient; das weiß der liebe Gott!

Goldmajer.

Jakob, geh' er mit ihr, bring' er sie fort; fort aus 'm Haus! Ich will sie nicht mehr sehen! fort! Hab ich doch versäumt die Börs mit der Geschicht da! Hätt' ich machen können in Eisenbahn – in Bankaktien, in Amerikaner. Jetzt ist 's zu spät! fort! fort, hinaus! (Jakob und Grethl ab.)
Wirft sich auf's Canapee.
Hab ich mich doch so echauffirt und verhitzt, daß ich muß ausruh'n und mich erholen. – – Aber meine Brieftasch! Ob sie wohl liegt im Cassaschrank weil ich sie net hab stecken in der Rocktasch. Muß nachsehen. (Geht an den Cassaschrank und sperrt auf; ungeheurer Schrecken, wie er Casperl im Schranke sieht.) Auwaih! auwaih! Dieb, Räuber, Mörder! Jakob! Jaob! zu Hilf! zu Hilf! – – (Läuft hinaus.)

Casperl (aus dem Schrank tretend).

Schlipperment, das ist eine saubere G'schicht! Ich hab' zur Grethl herausg'wollt und ist mir mein Sprüchl nimmer eing'fallen. Die Hitz im Kasten d'rin hat mich ganz damisch gemacht. Und jetzt fallt's mir auch nimmer ein! Wie heißt's denn nur? bimbam – buri – muri – nein, so heißt 's nicht. Biri – bari – schari – es ist zum Verzweifeln! Wenn sie kommen, so bin ich verloren. Als Dieb arretirt, protocollirt, vor's Schwurgericht auch noch! Auweh! was fang ich an?
Jakob und Bediente kommen mit Stöcken ec. bewaffnet herein.

Jakob.

Wo ist der Dieb? Wo steckt der Kerl?
Unter Geschrei wollen sie Casperl packen, Balgerei Verfolgung. Endlich springt Casperl zum Fenster hinaus, die Andern ihm nach.

Verwandlung.

Wirthshaus mit Brücke wie im I. Aufzuge.

Wirth (aus dem Hause tretend.)

Gott sei Dank, daß ich wieder aus dem Faß befreit bin. Ich weiß wirklich nicht, wie das zugegangen ist. War ich das Faß, oder war das Faß der Wirth? Kurz und gut: wie mich die Kellnerin hat anzapfen wollen, bin ich

wie aus'm Schlaf erwacht und neben dem Faß gestanden wieder leibhaftig.
(Schaut gegen die Seitencoulissen.) Was kommt denn da her?
Zieht sich an die Wirthshausthüre zurück. Casperl läuft herein; hinter ihm – einer nach dem andern im Gänsemarsch – Jakob, Bediente, ein Nachtwächter, schließlich Baron Goldmajer, unter Geschrei: »Halt's 'n auf! halt's den Dieb auf.« Sie laufen über die Bühne zur andern Seite hinaus.

Wirth.

Aha! Da haben wir's. Das ist der Lump, der mir solche Grobheiten gemacht hat, wie er einkehren hat wollen und wie ich aus lauter Ärger ein Bierfaß geworden bin! Da muß ich gleich mitlaufen; d e n müssen wir fangen.
Läuft hinaus, den Andern nach, die dann, Casperl voraus, wieder von der andern Seite hereinkommen, um das Wirthshaus herum zur Brücke, über welche Casperl an das jenseitige Ufer gelangt, worauf die Brücke in der Mitte zusammenstürzt und alle Verfolger, Einer nach dem Andern in's Wasser fallen.

Der Vorhang fällt.

III. Aufzug.

Salon wie im zweiten Aufzuge.
Goldmajer liegt im Schlafrocke auf dem Kanapee. Esmeralda, seine Tochter, steht neben ihm. Goldmajer erwacht auf dem Schlafe.

Esmeralda.

Wie geht's, lieber Papa? Fühlen Sie sich nicht etwas besser?

Goldmajer.

Was besser! Wenn Aner gefallen ist in den Bach, wie soll er sich fühlen besser? Hätten mich nicht herausgezogen die Fischer, die grad gewesen sind am Ufer, so war' ich versoffen! Wie soll 's mer geh'n? Bin geworden pudelnaß und hab davon bekommen das Fieber. Ist der Doctor noch nit gekommen? Wo ist der Doctor? Ich will 'n haben, daß er mich kurirt.

Esmeralda.

Er ist schon im Vorzimmer. Weil Sie aber sanft geschlummert haben, wollte er Sie nicht stören und hat draußen gewartet.

Goldmajer.

Der Doctor soll hereinkommen. Er soll mir fühlen den Puls, denn ich fercht mer zu sterben.

Esmeralda.

Ei was fällt Ihnen ein, Papa? Sie haben nur eine kleine Erkältung und der Schrecken steckt Ihnen noch in den Gliedern.

Goldmajer.

Bring mer den Doctor.

Esmeralda geht an die Thüre und läßt Casperl herein, der drollig als Arzt verkleidet ist, eine große Klystirspritze unter dem Arm.

Casperl (mit ungeheuren Reverenzen).

Habe die Öhre, habe die Öhre. Der Herr Obermedicinalrath Ricinus läßt sich gehorsamst empfehlen und bedauert ungemein, daß er nicht selbst kommen kann. Er ist selbst unböslich und darf das Zimmer nicht verlassen.

Goldmajer.

Und wen hab ich das Vergnügen bei mir zu sehen?

Casperl.

Ich bin Doctor Febricius, Assistent des Herrn Obermedicinalraths und sein bester Schüler.

Goldmajer.

Hast Du gehört, Esmeralda? Der Herr Assistent. Freu mich, die Ehr zu haben, daß Sie mich assistiren bei meine Gebrechen. Fühlen Sie mir den Puls, Herr Assistent. Hab' gehabt e grauß Unglück, denn ich bin gesterzt in's Wasser.

Casperl.

Besser in's Wasser, als in den Keller, wie es bisweilen zu geschehen pflögt, wenn man einen Rausch hat.

Goldmajer.

Was Rausch? Vom Wasser bekömmt man keinen Rausch.

Casperl (mit Wichtigkeit den Puls fühlend).

Pulsus curriculus aquosus tremulosus bim bam pum; ein heftiges wässeriges Fieber!

Esmeralda.

Aber nicht wahr, Herr Doctor, es hat nichts zu bedeuten?

Casperl.

Bedeuten.? Oh – es hat immer eine Bedoitung. Gut, daß der Herr Baron in das Wasser gefallen ist; denn das Wasser gibt nach und man bricht sich keinen Haxen.

Goldmajer.

Esmeralda, was sagt er von de Haxen?

Esmeralda.

Vermuthlich ein wissenschaftlich- medizinischer Ausdruck.

Goldmajer.

Ich hoff' doch, der Herr Doctor werden mir verschreiben e Medicin.

Casperl.

Das verstöht sich, auf einem großen Bogen Papier.

Esmeralda.

Hier auf dem Nebentischchen ist Papier und Tinte.

Casperl (für sich.)

Schlipperment, jetzt bin ich curios in Verlegenheit, wenn mir mein Zaubersprüchl nit einfällt. (Geht an den Seitentisch.) Wenn mir jetzt nix einfällt, so nutzt mich meine ganze Pfiffigkeit nichts, mir als maskirter Doctor einige Dukaten zu erschwindeln und dann abzublitzen. Schreiben kann ich nicht, also: (laut, als ob er sich über anzuwendenden Mittel bedächte.) Buri – muri – ruri – Auweh! fallt mir halt nicht ein: – Schuri – puff; 's geht nicht! Nun muß ich zu a n d e r n Mitteln greifen. (Höchst wichtig thuend.) So, so, so, so! Wissen Sie was? Vorderhand wollen wir Nichts aus der Apotheke holen lassen. Ich würde Ihnen rathen, ein Glas guten Wein zu nehmen. (Da kann ich nachher auch mittrinken.) Das stärkt die Nerven und macht einen guten Magen.

Esmeralda.

Glauben Sie nicht Herr Doctor, daß der Wein den Papa zu sehr erhitzen könnte?

Casperl.

Wie? was? was? Der Papa schwitzt noch nicht genug. Ein Transparention ist vor Allem das Prussanteste.

Esmeralda (bei Seite).

Das scheint mir aber ein sonderbarer Mensch zu sein.

Casperl.

Aber bringen Sie einen sehr guten Wein; ich werde ihn zuvor probiren, ob er dem Herrn Papa taugt.

Esmeralda.

Ich will ihn gleich bestellen. (Ab.)
Während des Gesprächs zwischen Casperl und Esmeralda ist Goldmajer eingeschlafen.

Casperl.

Er schlaft. Da liegt ein Geldbeutel. Ich werde ihn a conto für meine ärztliche Bemühung annexiren und abschieben. Auweh! sie kommt schon wieder. Da muß ich ein anderes Experiment appliciren.

Esmeralda (tritt ein).

Ich habe den Bedienten in den Keller geschickt, er wird gleich wieder da sein.

Casperl (in fingirter Extase, fällt Esmeralda zu Füßen).

Ha! göttliches Wesen! Der Herr Papa schlummert; die Gelegenheit ist günstig. Ich bin nur verkloidet.

Esmeralda (höchst betroffen).

Wie kommen Sie mir vor?

Casperl.

Ja verkloidet, moskurirt als Doctor, um auf diesem Wege zu Ihnen zu gelangen.

Esmeralda.

Was fällt Ihnen ein? welche Unverschämtheit!

Casperl.

Ja ich bin verschämt; denn ich bin nicht der, der ich bin, sondern der, der ich bin.

Esmeralda.

Fort von hier! Steh'n Sie auf! oder der Bediente wird Ihnen die Thüre weisen.

Casperl (aufstehend).

Ha! ich weiche der Gewalt; aber erbarmen Sie sich meines Unglücks. Ich bin ein unglücklicher kinderloser unverheiratheter Familienvater und zugleich Doppelwaise.

Esmeralda.

Ein Betrüger sind Sie, ein elender Mensch!

Casperl (mit Rührung).

O, das ist mir ganz einerlei, wenn Sie sich nur meiner Elendigkeit erbarmen.

Esmeralda.

Hier, haben Sie Geld; jetzt machen Sie aber, daß Sie fortkommen. Hinaus! schnell!

Casperl.

Leben Sie wohl! auf Wiedersehen!
Springt zur Thüre hinaus.

Goldmajer (erwachend).

Was ist das for e Gelärm? Wo ist der Doctor?

Esmeralda.

Der Doctor ist ein schändlicher Betrüger, dem ich die Thüre gewiesen habe.

Goldmajer.

Was? e Betrüger? Wen hat er betrogen? Was hat er betrogen?

Esmeralda.

Unter der Maske des Arztes hat er mich angebettelt, während Sie schliefen.

Goldmajer.

Pfui! Das ist abscheulich! Holt mer die Polizei.

Esmeralda.

Es ist wirklich nicht der Mühe werth. Kommen Sie lieber ein bischen in's Freie. Die frische Luft wird Ihnen gewiß gut thun. Mittlerweile schicke ich zum Obermedicinalrath.

Goldmajer.

Wenn Du meinst, so woll'n mer gehen e wenig in den Garten unter die Acazien, wo der Holler so schön blüht, den ich hab' kommen lassen um viel Geld von de siamesischen Inseln.

Esmeralda.

Kommen Sie, lieber Papa. (Führt Goldmajer hinaus.)

Verwandlung.

Wilde, gebirgige Gegend.

Grethl (tritt langsam und traurig ein).

Ich armes, unglückliches Mädchen! Man hat mich aus dem Haus gejagt und nicht einmal ein Dienstzeugniß haben sie mir gegeben. Jetzt weiß ich nicht wohin. Auch mein Casperl scheint mich vergessen zu haben. Er hat mir versprochen, wie er Bergknapp geworden ist und sein sicheres Einkommen hat, so wird er mich heirathen. Aber ich weiß gar Nichts mehr von ihm. So sind halt die Männer! Auf keinen kann man sich verlassen. (Weint.) Wie Einen aber nur so ein gebrochenes Caffeegeschirr in's Unglück bringen kann! Wohin soll ich jetzt? Müd und hungrig bin ich auch. Ich will mich da niederlegen, vielleicht kann ich ein wenig schlafen. Es wird ohnedieß schon Nacht.

(Legt sich, an einen Felsenblock gelehnt, allmälig wird es dunkel.)

Casperl (mit großen Schritten eintretend, ohne Grethe zu bemerken).

O Schicksal! Auch die sechs Dukaten, die mir das Fräulein geschenkt hat, sind dahin! Das Gold ist flüssig geworden und ich habe es verschlungen. Nichts bloibt mir als das Buwußtsein, daß ich Nix mehr hab'. Schicksal, das Du der Du die Du das Du mich zu retten versprochen hast, auch Du bist verschwunden. Und rufen kann ich dich auch nicht mehr, denn ich hab' den verflixten Namen nicht mehr zusammengebracht. Es ist aber auch nur eine Tücke des Schicksals, sich mit einem so verzwickelten Namen rufen zu lassen. Wenn in dieser Wildniß ein Strick zu finden wäre, so würde ich mich am nächstbesten Baum aus Verzweiflung aufhängen. Aber es scheint doch ein Wink des gütigen Schicksals zu sein, daß ich weder einen Strick noch einen Baum hier gefunden habe. (Der Vollmond geht auf.) O schauerliche traurige Beleuchtung! Der Mond scheint mir zuzulächeln; dieß ist aber nur Hohngelächter. Pfui! Dein Licht ist mir zuwider. Ich will Dich nicht sehen, ich will die Augen zudrucken und schlafen.

Legt sich, ebenfalls an einen Felsen gelehnt, nieder und schläft schnarchend ein.

(Der Mond singt.)

Lied.

In stiller Nacht geh' ich so gern spazieren,
Denn ich brauch mich vor Niemand zu geniren;
Will mich ein Astronom auch observiren,
So laß ich mich dadurch nicht molestiren.
Es ist mir eine Lust so mild zu scheinen,
Weil ich oft tröste, die im Stillen weinen;
Auch freut es mich, die Großen und die Kleinen
Zu sanftem süßen Schlummer zu vereinen.

Aus einem sich öffnenden Felsen tritt der Berggeist, aus einer großen Tabakspfeife rauchend.

Berggeist.

Heute ist eine so angenehme Mondnacht, daß ich wieder einmal mein Pfeifchen im Freien schmauchen will. Immer und alleweil in dieser eingesperrten Felsenluft hausen, ist doch der Gesundheit nicht zuträglich. Könnte ich nicht bisweilen in's Freie heraus, so wäre ich längst versteinert; aber s o treib' ich's doch schon ein paar tausend Jährchen und befinde mich ganz wohl dabei. Was ist denn da? Potz tausend! Mein Protégé! Wie kommt der hieher? Und dort schlummert ein weibliches Wesen. Der Bursch hat mich lange Zeit nicht gerufen; er scheint also meiner Hilfe nicht bedurft zu haben. Möchte doch wissen, was das für eine Bewandtniß hat?

Mond.

Ei, guten Abend oder gute Nacht, Herr Schuriburiburischuribimbampuff! Lassen Sie sich auch wieder einmal sehen?

Berggeist.

Bon soir, Monsieur Mond. Bei Ihrem milden Schein ist es so angenehm, sein Pfeifchen zu rauchen.

Mond.
Freut mich ungemein. Wissen Sie vielleicht, wer die Beiden sind, die da unten so gemüthlich schlafen?

Berggeist.
Den Herren kenn' ich wohl; aber das Frauenzimmer ist mir unbekannt.

Mond.
Es wäre nicht übel, sie auf eine angenehme Art zu wecken; dann würden wir sehen, was weiter geschieht. Hieher in diese Einsamkeit verirrt sich selten Jemand.

Berggeist.
Sie könnten so gefällig sein, eine Sternschnuppe herabzuschicken.

Mond.
Das kann leicht geschehen. Ich darf nur meinen Nachbar Stern ersuchen, einen kleinen Blitzer zu machen.

Berggeist.
Aber daß doch ja der erratische Block ihnen nicht auf die Nase fällt.

Mond.
Allerdings. Stellen Sie sich selbst aber ein bischen auf die Seite.
Eine Rakete fällt herab mit ihr ein Steinblock, der einen großen Schlag macht. Casperl und Grethl erwachen zugleich.

Casperl.
Ha! was ist denn das?

Grethl.
Herr Jemine! wer hat mich denn aufgeweckt?

Casperl.
Wie? was? Grethl, Du bist's?

Grethl.
Und Du, Casperl?

Casperl.
Wie kommen denn wir hier zusammen? O Schicksal, ich erkenne Deine Winke. Du willst uns vereinigen.
Grethl.
Aber die Freud, daß ich Dich wieder hab!
Casperl.
Ja! Hast Du den Schicksalsschlag gehört? Der hat einen ordentlichen Plumpser gemacht.
Grethl.
Aber was fangen wir jetzt an? Wer wird uns weiter helfen?
Casperl.
Ich verlaß mich auf mein Schicksal.
<small>Donner. Transparent, in einem Felsen erscheint die Inschrift: »Schuriburiburischuribimbampuff!«</small>
Casperl.
Aha! Jetzt geht's wieder. (Ruft.) Schuriburiburischuribimbampuff!
Berggeist <small>(der mittlerweile verschwunden war, erscheint im Hintergrunde auf einem Felsen und ruft.)</small>
Hier bin ich!
Casperl.
Sei uns gnädig und hold, erhabener Berggeist!
Berggeist.
Das Schicksal hat euch für einander bestimmt und ich will eure Hochzeit feiern.
<small>Donner. Die Scene verwandelt sich in die Bergwerkshöhle des I. Aufzuges, brillant mit vielfärbigen Lichtchen erleuchtet.
Casperl und Grethl fallen auf die Kniee.</small>
Berggeist.
Und nun seid ein glückliches Paar. Ich sorge für die Aussteuer!
Casperl und Grethl.
Vivat hoch das gütige Schicksal!
<small>Rauschende Musikakkorde ertönen und der Vorhang fällt.</small>

Der gefangene Turko.[*]

Schauderhaftes Drama in zwei Aufzügen.

---

[*] Mit freundlicher Bewilligung der Herren Hofmann & Hohl aus F. Pocci's: «Neues Casperltheater.« 2. Aufl. Stuttgart 1873 abgedruckt.

Personen.

Casperl Larifari.
Hasenmajer, Revierjäger.
Krüglhuber, Wirth zum »blauen Bock«.
Kathi, Kellnerin.
Spitzer, Schullehrer.
Der Teufel.

I. Aufzug.

Wald.

Casperl (tritt gravitätischen Schrittes ein).

So bin ich den Mauern der Stadt entflohen und bufinde mich in Sicherheit vor dem Auswurfe der menschlichen Gesellschaft. Ha! vor dem Auswurfe! Ja vor den Wüthrichen, die mich verfolgen. Wüthrich Nr. 1: das ist der Wirth zum »blauen Bock«, weil ich ihm seit einem halben Jahr die Zech schuldig bin; Wüthrich Nr. 2: das ist der Caffetier zum »goldenen Caffeschalerl«, dem ich die Ehr' g'schenkt hab, seit einem Jahr umsonst bei ihm zu frühstucken; Wüthrich Nr. 3: der infame Bierzapfler, für den ich die Gefälligkeit hatte, einige Fasseln Fluidums zu berauben. Diese und andere habsüchtige Staatsbürger verfolgen mich wie Hyänen. Was soll ich anfangen? Sie haben mich auspfänden lassen, obgleich sie nur einen Strohsack, einen Stiefelzieher, eine gebrochene Putzscheer und einen steinernen Maßkrug ohne Deckel in meinen Appartements gefunden haben. Ist das nicht schändlich? Ich weiß nicht mehr wo ich mein müdes Haupt hinlegen kann. Man will mich gefangen nehmen! man will meine gerechten Ansprüche auf die Freiheit meiner Person beeinträchtigen! Meine Ehre, meine Reputation – Alles, Alles –

O Du lieber Augustin,
Alles ist hin!

Ich sehe nur in einen schwarzen Abgrund. Ha! Was soll ich noch leben? – Nein! Das Schicksal scheint es nicht zu wollen; denn mir schaudert's nicht mehr vor dem Gedanken: Selbstmurd! – (Donner.) Ha! es donnert mir Beifall. Nun es sei – meine Rechnung ist abgeschlossen, weil ich gewisse Rechnungen nicht bezahlen kann. Aber wie, wo, wie so vollbringe ich die Schreckensthat, wobei ich gleich auf einen Lebensretter hoffe?!

Abermaliger Donner.
Der **Teufel** erscheint aus der Tiefe, einen Strick in den Krallen haltend.

Teufel.

Casperl!

Casperl.

Oho! was ist denn das für ein Kaminfeger?

Teufel.

Casperl! kennst du mich nicht?

Casperl.

Nein, ich kenn dich nicht.

Teufel.

Ich bin der Teufel und Du gehörst schon lange mir, weil Du ein liederliches Subject bist.

Casperl.

Was? ich – ein wiederliches Insect?

Teufel.

Du bist der Hölle verfallen; also mache es nur geschwind. Hier ist ein Strick, häng' dich daran auf an dem nächsten Baum da.

Casperl.

So? weiter Nichts? Da könnten wir noch ein bißl warten.

Teufel.

Hast Du nicht selbst soeben Deinem Leben ein Ende machen wollen?

Casperl.

Wissen Sie was? weil Sie gar so g'scheit sind – zahlen Sie lieber meine Schulden und b'halten Sie Ihren Strick.

Teufel.

Wenn Du Deinem Leben nicht selbst ein Ende machst, so wirst Du jedenfalls auf eine andere Manier zu Grund gehen.

Casperl.

Nun, das ist gerad recht. Diese Manier wollen wir abwarten. Nachher können S' wieder einmal bei mir nachfragen; aber jetzt machen S' nur, daß S' abmarschiren.

Teufel (lacht höllisch).

Ha, ha, ha! das wollen wir sehen!

Es fällt hinter der Scene ein Schuß. Der Teufel versinkt und Casperl fällt um.

Casperl.

Was ist denn das für eine Dummheit mit dem Schießen? Das kann ich gar nit vertragen.

Jäger Hasenmajer tritt ein, Gewehr in der Hand.

Hasenmajer.

Verflixter Bock! Hab' ich den auch wieder g'fehlt! Ich hab doch gar kein Glück mehr auf der Rehpirsch! (Sieht Casperl auf dem Boden liegen.) Ja, was ist denn das? Was liegen denn Sie da, Herr Casperl? Ich werd' Sie doch nit getroffen haben? Ich hab' ja auf einen Bock geschossen, der da g'standen ist. Er hat e Mordsgehörnl auf.

Casperl.

O Sie unvorsichtiger Mensch! Ich glaub', es sind e paar Schröttl durch mein Kappen gangen und das hat mich e bißt hirntappig g'macht und da bin ich leblos umg'fallen.

Hasenmajer.

Das kann nicht sein. Ich hab deutlich den Bock geseh'n und auf den hab ich g'schossen.

Casperl (tragisch).

Hasenmajer! Hasenmajer! – O! hätten Sie mich getroffen!

Hasenmajer.

Was nit gar? Das wär' ein Unglück gewesen.

Casperl (erhaben).

O nein! nein! – Sie hätten einen Unglücklichen von den Qua- qua- qua- qualen dieses Jammerlöbens bufreit!

Hasenmajer.

Hören's auf mit dem G'schwätz. Geh'n wir lieber zusammen in's Wirthshaus. Ich bin den ganzen Tag rumg'loffen im Wald und hab einen mordalischen Durst.

Casperl (tragisch-groß).

Mordalisch? – Mensch! an was mahnst Du mich? Furchtbares Wort, das Du ausgesprochen hast!! (In gewöhnlichem Ton.) Jetzt, da haben Sie wieder Recht, edler Waidmann. Aber für die Angst, die ich ausgestanden hab' mit Ihrer Schießerei, verlange ich Satisflaxion. Auf e paar Maß wird's Ihnen wohl nicht ankommen, und im Wirthshaus kommt mir vielleicht ein guter Gedanke, mich von meinen Feinden und Verfolgern befreien zu können.

Hasenmajer.

So ist's recht, Herr Casperl. Ich bin gleich dabei.

Casperl.

Kommen Sie, Retter meines Lebens! Ich habe einen Riesenplan im Kopf und Sie könnten mir zur Ausführung behülflich sein.

Hasenmajer.

Wenn's ein lustiger Streich ist, so thu' ich mit.
Beide ab.

Verwandlung.

Wirthsstube zum »blauen Bock«.
Wirth Krügelhuber sitzt an einem Tisch und liest in einer Zeitung.

Krügelhuber.

Schon wieder 40,000 Franzosen g'fangen! 2000 Turkos dabei! – Herrschaft! wo werden's die unterbringen? Napoleon hat sich zurückbegeben. Proclamation: »Ich ziehe mich zurück, um die Invasion zu bekämpfen.« Das ist auch eine sonderbare Manier! – Wenn nur den Unmenschen einmal der Teufel holen wollt'! – Nun, 's wird nimmer lang dauern mit ihm. (Liest weiter.) »30,000 Deutsche sind aus Paris ausgewiesen worden.« Das ist aber eine Halunkerei!

Kathi (tritt ein).

Herr Krüglhuber, schaffen S' vielleicht a Voressen? Ein sauer's Nierl wär' grad fertig.

Krüglhuber.

Nein, ich mag Nichts. In denen Zeiten vergeht ei'm der Appetit. Gelt, Kathi, das ist ein Glück, daß die Franzosen nicht zu uns herausgekommen sind?

Kathi.

Ja, Gott sei's gedankt! Die Turkos oder wie's heißen, die hätten uns gleich aufgefressen. Die sind ja wie die wilden Thier'!

Krüglhuber.

A mein! so arg ist's auch nit. Mir hätt' Einer in's Haus kommen sollen! Nun, dem hätt' ich's gezeigt! Wenn die Kerls nur Kurasch sehen, nachher ziehn's gleich andere Saiten auf. G'rad als wie die Affen. Hast es denn nie in die Menagerie'n gesehen, Kathi, auf der Dult? Hau' nur so ein' Affen mit ei'm Steckerl recht 'nauf, da zieht er gleich den Schweif ein und springt davon.

Kathi.

Na, Herr, das ist doch kein so G'spaß, wie Sie meinen, mit denen Turkos.

Krüglhuber.

Ha, ha, ha! – Heh! das ist lauter Übertreibung. Wild sind sie schon, aber ich hätt' sie doch nicht g'fürcht'.

Schullehrer Spitzer stürzt herein daß er die Kellnerin beinahe umrennt.

Kathi.

Oho! Herr Lehrer! pressirts gar so? (Geht ab.)

Spitzer (in größter Hast und Angst und athemlos.)

Herr Wirth! – wissen S' was Neu's? – Grad war ich auf'n Bahnhof draußen, wei – weil da da da die Conducteurs immer Neuigkeiten bringen – und und und – –

Krüglhuber.

Lassen S' Ihnen nur Zeit, Herr Lehrer! Sie stottern ja vor lauter Hast! –

Spitzer.

Ja ja – ja und – und und der Conducteur – da der – Sie kennen ihn ja g'wiß – der der der mit dem schwa- schwa- schwarzen Bart, der schönenene Mann – er war einmal beim Mimimilitär – der hat erzählt, das beim Gefangenen-Franzosentranspopoport bei der Station Hopfendorf ein Turko ausgekommen ist. Er ist 'rausg'sprungen aus 'm Waggon und ist zwar, weil's schnell gegangen ist, auf 'n Ba- ba- bauch g'fallen, aber gleich wieder aufgesprungen und in den Wald hinein – –

Krügelhuber.

Nein! was Sie sagen! – hat man denn den Kerl nicht gleich wieder g'fangt?

Spitzer.

Ja, wie wollen's 'n denn fangen, wenn der Zug im schnellsten Lauf ist und nicht halten darf?

Krügelhuber.

Ich glaub's nicht. Die Conducteur machen sich nur so einen Spaß daraus, Unglücksnachrichten zu verbreiten. Und zweitens: sind ja alle Turkos mit Ketten angeschlossen.

Spitzer.

G'sprengt! Gesprengt hat – t– t– t – t er die Ketten, als wenn's von Glas g'wesen wär'! und im Herausbringen hat er die Trümmer in den Waggon hineingewo– wo– worfen, daß gleich sechs Mann todt und zwölf blessirt waren.

Krügelhuber.

Oho! Oho! – das wird mir doch zu arg!

Spitzer.

Ich glaub's allerdings. Eigentlich hat mir's nicht der Conducteur erzählt, sondern der Revierjäger, der Hasenmajer und dem hat's dem Wechselwärter seine Basen g'sagt und die hat's von ihrem kleinen Seppel erfahren, der grad Schaf gehüt't hat.

Krügelhuber.

Nun, da haben wir's! Lauter Lug und Trug. So ist's aber mit den Nachrichten. Man soll gar Nichts glauben, was nicht officiell gelogen ist.

Kathi (stürzt herein.)

Um Gotteswillen! Herr Krüglhuber! der Turko, der Turko! – Die Leut haben ihn schon g'seh'n mit sei'm Turban und die Pumphosen!

Spitzer.

Nun seh'n Sie, daß es wahr ist!

Krügelhuber (in gräulicher Angst.)

Wo – wo – wo? we – we – wer hat'n g'seh'n? Ist's wirklich wahr?

Kathi.

Ja, ja! denken Sie sich nur: Im Vorbeirennen hat er auf'm Toni sei'm Krautacker der Wiesenbäurin die Nasen abgebissen, hat ihr's Kind, den klein Michl, aus'm Arm g'rissen und hat'n g'fressen!

Krüglhuber.

Schauderhaft! Schauderhaft! – Den Michl g'fressen?! – Einfangen, einfangen soll man den Kerl! – Wenn er nur nicht zu uns hereinlauft! – Das wär' ja erschrecklich! Herr Spitzer, was fangen wir denn an? Kathi, versteckt's euch nur in den Keller; sag's der Wirthin; ich komm auch gleich nach! Alles zusperren! die Hausthür verrammeln; d' Fensterläden zug'macht!

Spitzer.

Jetzt lauf' ich wieder fort. Vielleicht haben sie ihn doch schon eingefangt. Wenn ich was erfahren hab', komm' ich gleich wieder her! (Ab mit Kathi.)

Krüglhuber (in gräßlicher Angst.)

Ja, kommen S' nur wieder. Ich fürcht' mich allein. Jetzt ist die Kathi auch fort! Peter! Michel! kommt's doch herein! – die sind auch nit da! der Peter holt aus'm Bräuhaus Bier; der Michel ist bei'm Heumachen. – – Ich kann vor lauter Angst kaum noch auf die Füß' steh'n. Ich will nur g'schwind die Thür zuriegeln.

Geht gegen die Thür, während Hasenmajer rasch eintritt, so daß sie heftig gegen einander stoßen.

Krüglhuber.

Herrgott im Himmel! da ist er schon! Taumelt zurück.

Hasenmajer.

Bin's nur ich, Herr Krüglhuber.

Krüglhuber.

Sie sind's, Hasenmajer? – Nur g'schwind. Was gibt's? Haben's 'n?

Hasenmajer.

Ich hab ihn!

Krüglhuber.

Sie? Sie haben den Fang gemacht? – Ja wie haben Sie denn das ang'fangen?

Hasenmajer.

Das will ich Ihnen gleich sagen: Wissen's das klein Branntweinhäusl auf'm Waldspitz, wo immer die Torfstecher Mittag machen?

Krüglhuber.

Ja freilich weiß ich's. Ist ja immer der Knödlbogen dort nach dem vierten Trieb, wenn der Oberförster jagt.

Hasenmajer.

Nun – da ist der Turko g'rad hineingerennt, wie ich ihm aus'm Holz heraus nachg'loffen bin mit mei'm geladenen Zwilling.

Krüglhuber.

Ja! Sie hätt'n ihn im Rauch niederg'schossen!

Hasenmajer.

Ich nach! schau' durch's Fensterl hinein; da liegt er schon vor'm Zapfen; die alt Branntweinurschel hat er schon erwürgt g'habt. Ich paß' an der Thür – – paß' und paß' und denk' mir: Wenn er herauskommt: »Pumps!« Da hat er sein Theil. Wer nicht kommt – das ist mein Turko. Ich schau durch's Schlüsselloch: Liegt der Kerl b'soffen drin und schnarcht wie ein Bär.

Krüglhuber.

Wie ein Bär hat er g'schnarcht?

Hasenmajer.

Ich schleich' mich hinein – versteht sich mit dem g'spannten Zwilling – bind' dem Kerl gleich Hand' und Fuß' zusammen, als wie man's mit einem Rehbock macht, und pack' ihn bei der Gurgl. Er will auf, fallt aber gleich wieder nieder und so weiter, kurz und gut: jetzt hab' ich ihn zu Haus in dem großen Käfig, den vor zwei Jahren der Menageriebesitzer mir zum Aufheben da gelassen hat, weil ihm der Eisbär krepirt ist. Jetzt ist's gerad recht, daß er den Käfig noch nicht abgeholt hat.

Krüglhuber.

Heldenmajer! lassen Sie sich umarmen!

Hasenmajer.

Krüglhuber! erinnern Sie sich aber noch an einen gewissen Jemand, der einmal gesagt hat: »Bei meiner Ehr! wer mir den ersten Turko g'fangen bringt, dem zahl ich 400 Gulden aus!« Ich bring' Ihnen selbigen Turko!

Krüglhuber.
Hasenmajer, ich kann's nicht leugnen, daß ich's g'sagt hab'.

Hasenmajer.
Gut. Also heraus mit die 400 Gulden!

Krüglhuber.
Ein Mann ein Wort. Aber Sie müssen den Turko im Käfig und zwar verdeckt zu mir hereinbringen. Nachher laß ich ihn gegen Entrée sehen! denn er ist mein Eigenthum, weil ich ihn Ihnen abgekauft hab und meine Wirthschaft hat auch keinen Schaden dabei. So bring ich meine 400 Gulden wieder herein und vielleicht noch drüber.

Hasenmajer.
So soll's sein! – jetzt geh' ich und hol ihn.

Krüglhuber.
Aber fein hübsch zugedeckt, damit den Teufel, bevor er bei mir ist, Niemand sieht. Sie! und daß fein das Gitter gut verschlossen ist.

Hasenmajer.
Hab'n's keine Sorg. (Ab.)

Krüglhuber (allein.)
Juhe! jetzt werd' ich ein berühmter Mann und mach mir brav Geld. Jetzt wird's heißen: »Beim Herrn Krüglhuber, Gastgeber zum blauen Bock, ist der erste gefangene Turko zu sehen.« Ich laß gleich großmächtige Zettel drucken: »Eintrittspreis 12 kr., für Standespersonen 1 fl. 12 kr.« Heda! Weib! Kathi! Peter! Michel! – Kommt's nur Alle herein zu mir!

Der Vorhang fällt.

II. Aufzug.

Wirthsstube, wie im I. Aufzug.
In einer Ecke steht ein großer Käfig, in welchem sich *Casperl* als Turko komisch gekleidet, befindet. Hasenmajer steht vor ihm.

Hasenmajer.

Jetzt aufgepaßt, Herr Casperl! Machen's Ihr Sach gut. Nur recht gebrüllt und gegrunzt, wie ein Wilder.

Casperl (brüllt furchtbar).

Ist's so recht?

Hasenmajer.

Ausgezeichnet!

Krüglhuber (tritt etwas ängstlich ein).

Hab'n schon brüllen hören. Das muß ja ein fürchterliches Individuum sein.

Casperl (im Käfig).

Was? viehdumm? Das verbitt' ich mir.

Hasenmajer (leise zu Casperl).

Sind S' doch gescheit. Sie dürfen ja nicht deutsch reden, nur arabisch.

Casperl (in schnarrendem Tone).

Arababarabarabaraba!

Krüglhuber.

Ah! Ah! Das ist aber eine Sprach!

Casperl.

Grugrumalibobabibibibi.

Krüglhuber.

Pfui Teufel! (Etwas näher an den Käfig tretend.) Sie, Hasenmajer, beißt er?

Hasenmajer.

No und wie! geb'n S' nur Acht. Der fahrt 'raus, wie nicht gescheit.
Casperl rüttelt an den Eisenstangen des Käfigs.

Krüglhuber (zurückspringend).

Donnerwetter ist das eine Bestie! Sie, Hasenmajer, wie wär's, wenn ich ihm eine Wurst gäb'?

Casperl.

Wursti, Wursti, Wursti!

Krüglhuber.

Mir scheint, er versteht doch e bißl deutsch.

Hasenmajer.

Ja, was er halt auf'm Weg im Herfahren aus Frankreich gelernt hat. Würst oder Bisquits krieg'n's ja auf alle Stationen von den Damen.
Krüglhuber steckt ihm vorsichtig eine Wurst in das Gitter.

Casperl.

Bira, Bira, Bira, Kruguli Bir!

Krüglhuber.

Da schau'n S', Hasenmajer! Mir scheint, er will auch a Bier haben.
Casperl rüttelt am Käfig.

Krüglhuber.

Gleich, Herr Turko. Sollen augenblicklich bedient werden. (Ruft hinaus.) Kathi! bring eine Maß herein! Hasenmajer, das Bier müssen Sie ihm geben. Sie kennt er schon besser. Ich trau mich nicht.

Hasenmajer.

Schon recht, Herr Krüglhuber.
Kathi tritt ängstlich mit einem Maßkrug ein.

Kathi.

Nein! ich fürcht' mich. Ich hab'n schon draußen brüllen und toben g'hört.
Casperl grinst und brüllt.
Kathi schreit ungeheuer und läßt den Krug fallen.

Nein! das halt ich nit aus.
Springt zur Thüre hinaus.

Krüglhuber.

Ha! ha! – es g'schieht Dir ja Nichts.

Hasenmajer.

Jetzt, Herr Krüglhuber, während der Turko seine Wurst frißt, könnten Sie sich in Ihre Kammer begeben, und mir die gewissen 400 Gulden holen.

Krüglhuber.

Ja, versteht sich. Ich bin gleich wieder da. (Ab.)

Casperl.

Hasenmajer! laut Übereinkunft gehören von diesen 400 fl. 300 fl. mir und hundert Gulden Ihnen. Da kann ich meine Schulden zahlen und bleibt mir noch was übrig.

Hasenmajer.

Nein, Herr Casperl! H a l b p a r t haben wir ausgemacht! I c h 200 und S i e 200.

Casperl.

Wenn Sie nicht wollen, so blamir' ich Sie; mach' den Käfig auf und deklarir mich. Glauben Sie, daß das ein G'spaß ist, in der bengalischen Eisbärhühnersteigen zu hocken. Mir thut mein Buckel schon lang weh. So oder so; wie S' wollen. I c h meine 300 fl. oder S i e blamirt; und nachher können S' Prügel auch noch kriegen. Und meinen Schuldschein muß ich vom Krüglhuber auch noch herauskriegen. D a s besorg' ich schon a l l e i n, wenn Sie fortgangen sind.

Hasenmajer.

Nun, meinetwegen. Mein Wort d'rauf: Sie sollen die 300 fl. haben. Ruhig jetzt – er kommt!

Krüglhuber kommt mit einem Geldsack.

Krüglhuber.

Herr Hasenmajer, da sind die 400 fl., lauter Zweiguldenstückel.

Hasenmajer.

Ich bedank' mich schön. Jetzt können Sie gleich den Zettel drucken lassen, damit Sie bald ein Entréegeld kriegen. Recht guten Abend!

(Ab mit dem Geldsack.)

Krüglhuber.

Schlipperment! mir ist doch nicht ganz wohl, daß ich jetzt mit dem Wilden allein bin. Aber die Eisenstangen sind fest, er kann nicht heraus.

Casperl.

Prrrrrr! Muh, muh, muh!

Krüglhuber.

Ein verfluchter Kerl! Was der für Tonarten herausbringt? (Nähert sich dem Käfig.) Brav sein, Mannerl! brav sein! Magst wieder was z' essen?

Casperl (gegen die Stangen des Gitters fahrend).

Freßdi, freßdi, freßdi– di– di– di!

Krüglhuber (fährt zurück).

Wär' nicht übel! m i c h fressen? Da ist was gut dafür. M a n ist eingesperrt; m a n kann nicht heraus. Nur ruhig also! oder ich komm' mit dem Stecken.

C a s p e r l murrt und brummt.

Krüglhuber.

Ganz still und ruhig sein! verstanden? – So; jetzt will ich einen Zettel schreiben, den ich einstweilen an die Hausthür nageln kann, bis die gedruckten Ankündigungen fertig sind. (Setzt sich vorn an einen Tisch und schreibt.) »Es wird einem hohen Publikum – – «

Casperl.

Dumm, dumm, dumm!

Krüglhuber.

Still da hinten! (Fortfahrend.) »hohen Publikum bekannt gemacht, daß hier im blauen Bock – «

Casperl.

Gock, gock, gock, gock!

Krüglhuber.

Ruhig, oder ich komm mit'm Stock! (Fährt fort.) »im blauen Bock ein gefangener Turko aus Arabien zu sehen ist.«

Casperl öffnet das Gitter, steigt aus dem Käfig und schleicht sich hinter Krüglhuber.

»zu sehen ist und – und« – was kommt jetzt? ja, wegen dem Entréegeld: »Erster Platz – –

Casperl packt unter furchtbarem Gebrüll Krüglhuber von rückwärts und bläut ihn tüchtig.

Krüglhuber.

Auweh! auweh! – ich bin verloren! zu Hülfe! zu Hülfe!

Balgerei und Geschrei, wobei Kasperl schließlich den Wirth in den Käfig stößt und das Gitter von außen riegelt.

Casperl.

So, Herr Prügelhuber; jetzt sind Sie der Turko. Ha, ha, ha!

Krüglhuber.

Was ist das? eine schändliche Betrügerei! Das ist infam, mich so anzuführen. Sie sind ja der Casperl und kein Turko!

Casperl.

Sie führen auch die Leut' an mit Ihrem gewässerten Bier und Ihre kleinen Bratlportionen.

Krüglhuber.

Lassen Sie mich heraus, Herr Casperl! Heraus will ich! heraus! aufgemacht!

Casperl.

Sie bleiben d'rin und es wird nicht aufgemacht, bis Sie mir mit Ihrem staatsbürgerlichen Ehrenworte versprechen, daß Sie meinen Schuldschein zerreißen und erklären, daß ich Ihnen Nichts schuldig bin.

Krüglhuber.

Was? Ich soll die 52 fl. einbüßen? Nein, das thu' ich nicht.

Casperl.

Gut. Wenn Sie's nicht thun, so neh'm ich den Ankündigungszettel da, den Sie geschrieben haben, häng' ihn zum Fenster hinaus und lass Sie als g'fangenen Turko sehen.

Krüglhuber.

Machen S' keine Dummheiten, Herr Casperl. Ich werde meine Leut' rufen.

Casperl.

Die Kellnerin und Frau Wirthin sind allein zu Haus. Die Knecht sind nicht daheim; die Weibsbilder trau'n sich nicht herein. Also – was meinen Sie? Und zuvor schlag' ich Ihnen noch Alles zusammen in der Wirthsstuben, lauf' davon und dann meinen die Leut, das hat Alles der entsprungene Turko gethan – und der Herr Krüglhuber ist in den Käfig eing'sperrt? Wie steht's jetzt?

Krüglhuber.

Schändlich steht's! aber was will ich machen? Ich gebe Ihnen mein Ehrenwort: Sie sind mir nichts, gar nichts schuldig und die 52 fl. werden gestrichen.

Casperl.

Allen Respect! – Treten Sie heraus aus dem bestialischen Lokale und lassen Sie sich umarmen.
Öffnet den Käfig.

Krüglhuber (den Casperl umarmt.)

Sie sind halt alleweil a Schlankel, Herr Casperl; aber feind kann man Ihnen doch nicht sein.

Casperl.

Und zur Turkoschlußfeier werde ich Ihnen das Vergnügen machen, bei Ihnen mein Souper einzunehmen!
Zum Publikum gewendet.
Wenn Sie allenfalls einen Turko fangen, so bringen Sie ihn gefälligst in den blauen Bock zum Herrn Krüglhuber!
Macht seine Reverenz.

Der Vorhang fällt.

Ende.

König Drosselbart.

Märchenspiel in drei Aufzügen, mit Musik.

Personen.

König Silberhaar.
Jolinde, seine Tochter.
Majordomus.
Drosselbart.
Turdus, Spielmann.
Waltrudis, eine Fee.
Zwei Hoffräulein der Prinzessin Jolinde.
Casperl Larifari.
Ein Bär.
Jäger. Gefolge.

I. Aufzug.

Saal im Schlosse des Königs Silberhaar.

Der König. Majordomus.

König.

Durch die Nachricht, die Ihr mir gebracht habt, mein lieber Majordomus, bin ich hoch erfreut. Also der edle König Drosselbart will um meine Tochter werben?

Majordamus.

In der That, mein König und Herr! Er wird heute noch selbst sich hier einfinden, um sich Euch und der Prinzessin vorzustellen?

König.

Der König selbst? Das ist ja etwas Außerordentliches. In der Regel geschehen derlei Verhandlungen durch Abgesandte. Ich z. B. habe meine allerhöchstselige Gemahlin vor meiner Vermählung gar nicht zu Gesicht bekommen. Wir haben gegenseitig nur unsere durchlauchtigsten Porträts erhalten und es ist doch Alles gut von Statten gegangen.

Majordomus.

König Drosselbart macht eben Alles nach seinem Gutdünken und ist ein eigenthümlicher, aber trefflicher Herr, der gerade für Prinzessin Jolinde zum Gemahl ganz geeignet wäre.

König.

Wohl möglich. Ihr kennt doch meine Tochter. Sie will von keinem Manne Etwas wissen. Aber jedenfalls muß ich sie auf diese Angelegenheit vorbereiten, damit sie nicht allzusehr überrascht werde. Geht hinüber zu ihr; sie möge zu mir kommen, weil ich sie in einer wichtigen Angelegenheit zu sprechen habe.

Majordomus.

Augenblicklich, wie Eure Majestät befehlen. (Ab.)

König (allein).

Ich muß Alles aufbieten, um Jolinden, die so stolz und eigensinnig ist, zu dieser Heirath zu bewegen. Drosselbart soll ein ungeheuer reicher großer Herr sein. Es wäre mir sehr angenehm, ja nothwendig, durch meine Tochter Etwas zu erwerben, denn meine Finanzen sind zerrüttet. Mein Schwiegersohn würde doch wohl keinen Anstand nehmen, mir ein kleines Anlehen von etwa fünf Millionen zu geben. Ich habe zu viel Geld verthan, habe zu viel Hofgesinde, zu viele Pferde, die Manie für Vollblutpferde kostet mich zu viel und meine Jagdpassion, besonders für gebratene Marcassins, die hat mich so weit herunter gebracht. Kurz und gut, die Partie muß mich retten! Als König kann ich nicht auf die Gant kommen; das wäre ein Skandal ebenso für meine hohen Collegen, wie für mich selbst. Ah, da kommt sie. (Geht ihr entgegen mit offenen Armen.) Liebe Tochter!

Jolinde (tritt ein mit zwei Hofdamen).

Theurer Vater! Lasse Dich umarmen. – Du hast mich rufen lassen?

König.

Ja, ich habe Dich bitten lassen, zu mir zu kommen.

Jolinde.

Dein Wunsch ist mir immer Befehl.

König.

O könnte es immer so sein! Wäre es möglich, so sähest Du den glücklichsten Vater auf dieser Erde vor Dir.

Jolinde.

Und warum solltest Du es nicht sein?

König.

Weil Du meine Tochter bist. Höre! Heute noch wird ein Werber um Deine schöne Hand kommen.

(Jolinde fällt mit einem Schrei in Ohnmacht, dem Hoffräulein in die Arme.)

Da haben wir schon die Geschichte! Wenn sie nur von einem Mann hört, da fällt sie schon in Ohnmacht.

Erstes Hoffräulein.

Aber Eure Majestät sollten die Hoheit doch kennen.

Zweites Hoffräulein.

Ihre Nerven sind allzu zart.

König.

Ihr habt freilich ganz andere Nerven; besonders wenn von Männern die Rede ist. Erhole Dich, meine Tochter! Fasse Dich!

Jolinde (kommt wieder zu sich).

Es geht mir schon wieder besser, lieber Vater! Verzeih' mir.

König.

Also, wie gesagt, der Freier –

Jolinde macht wieder zuckende Bewegungen.

König (fährt fort).

Der Freier ist König Drosselbart, der gerade nicht schön zu nennen, außerdem aber die herrlichsten Eigenschaften in seiner Person vereinigt, welche ein Menschenkind und besonders ein König in sich zu vereinigen im Stande ist – so höre ich wenigstens von allen Seiten.

Jolinde.

O ich habe schon von ihm gehört. Besonders soll er sich durch sein ungeheures Kinn auszeichnen, weßwegen man ihn schon als kleinen Knaben »Drosselbart« nannte. Und Du willst, Vater, daß ich bei meiner Abneigung gegen das männliche Geschlecht überdieß mich einer so lächerlichen Figur als Gemahlin hingeben sollte?

König.

Solche Kleinigkeiten übersieht man und vergißt derlei bald im Hinblick auf die übrigen Vorzüglichkeiten, die Alles überwiegen.

Jolinde.

Und das wollte man obendrein von mir verlangen, daß ich einen so häßlichen Mann nähme?

Die beiden Hofdamen lachen laut auf.

König.

Was lachen die Fräuleins?

Erstes Hoffräulein.

Den Drosselbart?

Zweites Hoffräulein.

Mit dem großen Unterkiefer!

König.

Es wäre geeigneter, wenn die Fräuleins sich aller Bemerkungen enthalten wollten. Mein königlich väterlicher Wunsch wird wohl von meiner Tochter berücksichtigt werden.

Jolinde.

Wirklich? wäre es möglich! Lieber will ich einsam zu Grunde gehen, als an der Seite eines s o l c h e n Mannes leben.
Trompetenstoß.

König.

Hörst Du? Ein Zeichen!

Majordomus (tritt ein).

Königliche Majestät! König Drosselbart nähert sich der Hofburg.

Jolinde.

Weh' mir!

König.

Nun fasse Dich. Sei nicht eine ungehorsame Tochter. Dein königlicher Werber zieht ein.

Drosselbart tritt ein, mit Gefolge. Alle mit Vogelköpfen.
Er hat eine ungeheuer große Kinnlade; läßt sich auf einem Knie vor der Prinzessin nieder.

Erhabene Prinzessin! Schönste Jolinde! Verzeiht mir, daß ich vor Euch erscheine. Ich selbst trete vor Euch, ich selbst bitte um Eure Hand. K e i n Mittelmann, k e i n Vertreter soll für mich werben. Sprechen Eure Hoheit das Wort der Entscheidung, ob Ihr meine Werbung annehmt. Alles biete ich, was ich bin und habe – ja mein L e b e n, wenn Ihr es verlangt!
J o l i n d e schweigt, senkt das Haupt und wendet sich ab.
(L ä n g e r e Pause.)

Drosselbart.

Was soll dieses Schweigen, erhabene Prinzessin?
(W i e d e r e i n e P a u s e.)

König.

Edler König Drosselbart! Meine Tochter schweigt wohl, weil sie sich in Verlegenheit befindet. Was sollte eine Jungfrau thun, wenn ein solcher Bewerber zu ihren Füßen liegt, als bescheiden schweigen!
Drosselbart steht auf und tritt etwas zurück.

Drosselbart.

Was soll aber ich denken?

Jolinde (stolz sich erhebend).

Ich will es Euch sagen, König Drosselbart: Ihr sollt denken, daß ich niemals Euer Weib werde. Dieß ist mein fester, unabänderlicher Entschluß.

Drosselbart.

Dieß also Eure Antwort! – Ihr seid grausam! So ist denn so viel Schönheit nur die wunderbare Hülle einer tiefen, dunklen Nacht!

Jolinde.

So meidet die Nacht und suchet Euch anderswo den Sonnenschein des Lebens.

Drosselbart.

Weh' mir! weh' Euch! Mein Herz wollte Euch das Herrlichste bieten. So muß ich scheiden und laß' Euch in Eurer Nacht! Lebt wohl! (Tritt ab.)
Donner und es dunkelt einen Augenblick. Allgemeine Bewegung und Entsetzen.

König.

Er geht! Du hast Dein Glück zerstört, stolze Jolinde, und Deinen alten Vater unglücklich gemacht! Ein edler Mann hat um Dich geworben.

Jolinde.

Wenn auch! Frei will ich sein und bleiben wie die Vögel des Waldes.

König.

So gehe in den Wald! Ich gebe Dich frei; ich erkenne Dich nicht mehr als meine Tochter an. Gehe! Verlasse mich! Ich kann und will nur mehr meinem Schmerze leben, dem ich bald zu erliegen hoffe, denn meine Tochter hat kein Herz für mich. Dein Stolz, Dein Hochmuth seien Dir Gefährten und Begleiter!

Man hört **Turdus'** Gesang unten (mit Lautenbegleitung).

Im Wald, im Wald
Da hallt's und singt's
Da schallt's und klingt's
So wunderschön
Rings aus den Höhn.
Lerchen, Amseln, Nachtigallen
Aus den Büschen ringsum schallen
Im Wald, im Wald!

Jolinde.

Höre Vater! Da unten singt der Waldsänger. Wie schön! Wie herrlich!

König.

Nun, dieser wäre vielleicht ein Mann für Dich. Ich gebe Dich ihm zum Weibe. (Ruft hinaus.) Holla, holla! Willst Du ein Weib haben? Heda! Nimm meine Jolinde! Sie gehört Dein, Dein – wenn Du sie magst! Aber sie ist stolz und hochmüthig. Halte sie streng, damit sie Demuth lerne!

Gesang der Stimme (unten).

Im Wald, im Wald
Da ist's so still,
Wer Frieden will,
Der komm' herein
Beim Dämmerschein.
Lerchen, Amseln, Nachtigallen
Sollen Dir entgegenschallen
Im Wald, im Wald.

Die Stimme entfernt sich und verhallt.

König (am Fenster).

So komm', komm'! Hole Deine Braut!

Jolinde (träumerisch.)

Vater, laß' mich, laß' mich zieh'n,
Ich muß dahin, ich muß dahin.
Der Sänger ruft so wunderbar,
Es winkt der Vöglein liebe Schaar.
Ich muß, ich muß – –

Eine Schaar Vögel fliegt zwitschernd und lärmend herein und umschwärmt Jolinde, welche wie träumend an die Thüre geht. Der König sinkt zusammen. Das Orchester fällt mit melancholischen Akkorden ein.

Verwandlung.

Tiefer Wald. Nacht. Vollmond.

Casperl (stolpert herein und stößt sich bisweilen an einen Baumstamm).
Nun, heut' hat mich mein mir sonst günstiges Schicksal sitzen lassen. Nachdem ich mich dem Schooße meiner Familie entwunden habe, um so gegen Abend mit einem Spaziergang die bescheidene Löschung meines alltäglichen Durstes zu verbinden, hat sich dieser mein angeborner Durst wieder mit dem Schicksal verbunden, in dessen Fügung es gelegen, daß sich der Abend wieder mit der Nacht alliirt, um mich aus dem Wirthshause in diesen Wald zu bringen – pumps! (stößt wieder an einen Baum.) wo ich mit Gegenständen der Natur in unwillkürliche Berührung kommen und vielleicht gar statt auf meinem üblichen Federbette auf weicher, aber etwas feuchter Moosdecke eine Nacht über ruhen soll, um am späten Morgen mit einem Catarrhfieber aufzuwachen. Es wird immer dunkler und der Mond scheint immer heller. Was bleibt mir übrig, als mich niederzulegen, denn meine Stelzen fangen bedeutend zu wackeln an, weil mein Capitolium sich in schwankenden Umständen befindet. Also legen wir uns hin! Ich hoff', daß dieser Wald keine schwurgerichtlichen Subjecte beherbergt. Nun, es sei!
(Legt sich unter einem Baum schnarchend nieder. Man hört Turdus' Gesang hinter der Szene.)

Casperl.

Wie? Was? – Ein Schlummerlied? Wenn's von Richard Wagner ist, nachher schlaf' ich gewiß bald ein. Die Stimme nähert sich. Der Tenor ist gar nicht übel. Den könnt' man für's Münchener Theater brauchen, wenn der Vogl nicht singen mag und der Nachbauer den Schnupfen im Hals hat.
Turdus tritt auf (Laute im Arm); er bemerkt Casperl erst später.

Turdus.

Folgt sie wirklich meinen Schritten? Der Vater, bekümmerten Herzens, hat sie verstoßen, die Stolze, um ihren Hochmuth zu bestrafen, weil sie den König mit seiner Werbung abgewiesen. Armer Drosselbart! Aber des Waldsängers Lied, wie es scheint, ging ihr zu Herzen. Nun so wäre sie nicht herzlos. Vielleicht wird sie am Hofe nicht verstanden und ihr Stolz ist nur Schein? (Erblickt den Casperl.) Holla! Wer ist da?

Casperl.

Ich bin's!

Turdus.

Wie kommst du daher?

Casperl.

Sind Sie der hohe Tenor?

Turdus.

Antworte Du mir, sonderbares Wesen.

Casperl.

Ich bin kein sonderbarer Besen, sondern ein Mensch, vielleicht nicht so sonderbar, wie Sie sind. Sie seh'n ja aus, wie ein Wilder. Aber, wenn Sie hier bekannt sind, wissen Sie kein Wirthshaus? Ich übernachte nit gern im Freien.

Turdus (für sich).

Ein sonderbarer Bursche. Du kannst die Nacht dort in der Hütte zubringen.

Casperl.

In einer Hütte, in welcher keine Anzapfung stattfindet?

Turdus.

Ich verstehe Dich nicht; doch ein Lager findest Du dort ganz nahe. Schau hin, der Mondesstrahl fällt auf das Strohdach.

Casperl.

Meinetwegen! Wenn der Mondstrahl auf's Dach fällt, kann ich leicht in's Haus hineinfallen. Aber ich bitt' um den Hausschlüssel.

Turdus.

Geh' immer zu. Die Thüre steht offen. Ein Waldweib lebt drinnen.

Casperl.

Da hab' ich Respect. Die Gegend muß sicher sein. Bei uns in der cultivirten Stadt, da dürft' man nit trauen. Also, ich bin so frei.

Turdus.

Geh' nur immer zu.

Casperl unter Reverenzen ab.

Turdus (greift die Laute und spielt Akkorde).

Dort hinter den Tannen flattert ihr weißes Gewand. Sie folgt meinen Tönen. Es ist, als ob sie im Traum wandle.

Singt zur Laute.

In dem tiefen, dunklen Raume
Winkt die Nacht zu holdem Traume,
Mitten in der Vöglein Schaar
Bei des Quells melod'schem Rauschen
Und dem süßen Sang zu lauschen.
Auf und nieder
Tauchen Lieder
Aus den Gründen,
Unter Linden,
Wo die Minne wonnig wohnt,
Und der süße **Friede** thront.

Jolinde (tritt wie träumend ein).

Folgen muß ich diesen Klängen,
Die mich zu dem Sänger zieh'n!
Zu des Waldes grünen Gängen
Muß ich willenlos entflieh'n,
Wandelnd hier im Mondenstrahl,
Der da leuchtet durch das Thal!
Ja, ich folge Deinen Schritten
In der Vöglein Sangesmitten,
Da der holden Stimme Klang
Mir in's tiefe Inn're drang – –

Turdus.

Nun, so geh' im Mondenscheine
Holde Jungfrau, zarte, reine,
Mit dem Sänger! Süßes Träumen
Soll im Nachtgruß nimmer säumen,
Dir das Schönste darzubringen
Und in Dein Gemüth zu dringen.

Schreitet fort, Jolinde folgt ihm. Vögel schweben auf. Zarte Musik erschallt, während der Vorhang langsam fällt.

Ende des I. Aufzugs.

II. Aufzug.

Morgenbeleuchtung. Felsenthal im Walde. Einsame Hütte mit Strohdach, von Bäumen beschattet, von üppigen blühenden Büschen umgeben.
Casperl tritt aus der kleinen Thüre. Tisch und hölzerner Sitz vor derselben.

Casperl.

Schlipperment! Casperl hast du deinen Verstand verloren oder gibt's Mirakel und Zaubereien hier zu Land? Da soll Einer nicht a bißl narrisch werden. Hören S' nur: Gestern Abend trott'l ich also nach Anweisung des schönen Tenors ohne Umweg und Irrweg an diese Hütte. Wie ich anklopf', kommt eine Frau heraus, winkt mir hinein; sie red't kein Wort, ich red' kein Wort, wir beide reden kein Wort, Niemand red't ein Wort, denn es war kein Mensch da, außer uns zwei. Nach diesem lebhaften Discurs zeigt die geheimnißvolle Frau mit langen schwarzen blonden Haaren und einen Blumenkranz auf dem Kopf mir eine Art Canapée, das in dem ersten Kammerl steht; ich verstehe den Wink, und kaum habe ich mich darauf niederg'setzt, packt mich der Schlaf an, mir fallen die Augendeckel zu und erst vor fünf Minuten bin ich wieder aufgewacht. Auf meine Sackuhr, welche im Versatzhaus ausruht, konnt' ich nicht sehen; allein, da es hell ist und die Sonne scheint, so zweifle ich nicht, daß es bereits Tag geworden ist. Auch meldet sich bereits die Stimme des Frühstücks und es säuselt mir durch den Magen der Gedanke: »Wo ist mein Caffee?«
Seitwärts aus der Coulisse kömmt ein Bär, welcher auf einer Tatze Frühstücksservice mit Bretzeln ec. bringt und angenehm brummt.

Casperl (fährt zusammen und fällt rückwärts hin).

Oho! – Was ist denn das? Wird man von den wilden Thieren g'fressen? – Da bedank' ich mich.
Bär brummt angenehm und stellt mit einer Reverenz das Frühstück auf den Tisch.

Ah! Ah! Ah! – Herr von Bär, Sie sind ja ein' außerordentliche Erscheinung von einem Domestiken! Gehorsamer Diener! Danke schönstens. Ist's Caffee oder Schokolade?
Bär entfernt sich und macht brummend ein Compliment.

Schlipperment! Das ist ja ungeheuer! Ein solches Wirthshaus! Eine solche Bedienung! – Also, keine Complimenten! Ich beginne mein Tagwerk! (Setzt sich, beschaut das Frühstücksservice von allen Seiten und schnüffelt daran.) Der Geruch ist caffeeartig. Die Bretzeln scheinen frisch gebacken! Kurz, da laßt sich nichts aussetzen, wenn's den ganzen Tag so fort geht, werde ich einige Wochen Sommeraufenthalt hier nehmen. Vielleicht ist ein Gesundheitsbad auch in der Näh'. Das könnt' ich gegen meine Rheumatismen gebrauchen. Wenn ich nur dem Bären trauen könnt'! Da kommt er schon wieder. Ich glaub' gar, er bringt eine Bouteille frisch' Wasser zum Caffee. (Bär stellt unter Reverenzen eine Wasserflasche und ein Glas auf den Tisch zum Frühstück.) Verehrtester Herr von Bär! Sie irren. Wasser bin ich ganz und gar nicht g'wohnt.

       Bär brummt und schüttelt den Kopf.

Wollen Sie sich nicht ein wenig an meine Seite setzen; denn Sie scheinen mir ein nicht nur zahmes, sondern auch ein gutmüthiges, liebes Individuum zu sein.

     Bär streichelt und liebkost den Casperl und brummt sehr angenehm.

Ja, mein Theurer! Sie haben vielleicht die beste Absicht, aber ich versteh' kein Wort von Ihrer Brummerei, und ich möcht' halt doch allerhand von Ihnen erfahren. Schauen S', da haben S' eine Bretzen; sagen S' mir doch gefälligst: Wo bin ich denn eigentlich? – Sie scheinen mir hier schon einige Zeit im Dienst zu steh'n.

  Bär, indem er in die Bretze beißt, hält die Tatze unter bedeutsamer Bewegung, wie warnend, an die Schnauze, andeutend, daß er nicht reden dürfe.

Wie? also **können und nicht dürfen?!** Fürchterlich! – Aber, wenn ich Dich beschwöre!

         Bär. (Drohende Bewegung.)

Ha! – wie? wo? warum? Sollte hier Verrath im Spiel sein?! – Wir sind **allein.** Ich schwöre Dir ewiges Stillschweigen. Sprich': **wo bin ich?** – –

     Bär fährt auf, drückt auf die Thüre der Hütte, reißt Casperl vom Sitze auf.

Schlipperdibix? – Kommt Jemand?

          Beide stürzen hinaus.
      Waltrudis, Jolinde (treten aus der Hütte).

Waltrudis.

So bist Du meinem Sohn jetzt angetraut –
Du stolzes Königskind dem armen Sänger! –
Was hat zu solchem Schritte Dich getrieben,
Daß Du nicht Deinem Stande treu geblieben?
Nun bist Du **Magd,** nicht **Herrin** mehr,
Und Noth und Sorge lasten auf Dir schwer.
Wo ist der Hallen Glanz, der Diener Schaar?
In schlechter Hütte hungerst Du nun gar.

Jolinde.

Ich weiß es, ja! daß ich des Königs Kind,
Auf Gold gebettet war, wie's Wen'ge sind;
Doch Ketten waren's doch, die ich getragen
Seit meiner Kindheit ersten Tagen.
Und mag ich mit wem immer auch verkehren –
Als eines Königs Tochter soll man stets mich ehren.

Waltrudis.

Doch mußt Du büßen nun den Eigensinn,
Daß Du Dich gabst dem Stolze hin,
Zu tragen nicht, was die Geburt beschieden,
Und nicht zu würd'gen eig'nes Glück hienieden.

Jolinde.

Ist nicht die Freiheit nur das höchste Glück,
Das sich Gehören? Und schau ich zurück,
Blick' ich nur auf Gebundensein
Und nicht das mir mein Eigen mein.

Waltrudis.

Und jetzt? Geschehe Dir's nach eigner Wahl,
Des Sängers Weib in dieses Waldes Thal.
Fort! Geh' hinein! Die Küche und die Kammer
Hast Du zu scheuern. Spüre nur den Jammer.
Und dann: am Quell' hol' Wasser! Säume nicht!
Gehorchen, Dienen – ist nun Deine Pflicht.

<small>Ab in die Hütte.</small>

Jolinde.

Und dennoch, wenn ich selber es gewollt,
Da ich des Herzens Freiheit ja gezollt.
Im grünen Walde hallt der Vöglein Sang!
Im grünen Walde tönt der Saiten Klang!

Turdus (kömmt aus dem Walde von der Seite herein. Zu Jolinde.)

Was stehst Du hier müssig am hellen Morgen und schaffst nichts? Hab' ich Dich dafür zu meinem Weibe genommen? Wenn Dir der Sang gefiel, so sorg' auch für den Sänger! – Wo ist mein Morgenbrod? Du möchtest wohl Eine Deiner Dienerinen rufen?

Jolinde.
Verzeih'! Gleich will ich Sorge tragen, daß Du es bekömmst.
Turdus.
Fort! Geh' hinein!
Jolinde.
Ich gehe gleich. Zürne nicht. Du sollst bedient sein. (Ab, in die Hütte.)
Turdus (allein).
Sie geht! Die Arme! Aber es muß sein. Wer hieß sie den König Drosselbart verschmäh'n? Warum betrübte und kränkte sie ihren guten Vater, daß er sie von sich wies und verstieß?
Jolinde geht aus der Thüre seitwärts vorüber, einen Wasserkrug tragend.

Turdus (greift ohne Jolinde zu bemerken in die Laute).
Lied.
Ihr Vöglein allzuhauf
Flieget und schwebet auf!
Schwebet im Morgenschein
Auf durch den grünen Hain!
Hebt über Wald und Au
Euch in des Himmels Blau.
Lieb' Vöglein allzuhauf
Flieget und schwebet auf!
Geht in die Hütte.

Jolinde (kömmt zurück).
Ja! flieget auf, ihr Vöglein, liebe Schaar,
Aus euern Nestern, Paar und Paar!
Hoch auf in's klare Himmelsblau
Fliegt über Waldesgrün und helle Au!
Habt ihr gebadet euch im Morgenthau,
Dann senket wieder euer bunt Gefieder
Hier zu Jolindens Seite singend nieder.
Ab (in die Hütte.)
Casperl und Bär kommen Arm in Arm.

Casperl.
Das war eine recht angenehme Morgen-Waldpromenade; aber doch eigentlich etwas langweilig. Du scheinst mir ein sehr cultivirtes Individuum zu

sein, sag' mir (aber Du kannst ja Nichts sagen?) warum du gar Nichts red'st und du hätt'st mir ohne Zweifel sehr Viel mitzutheilen. Und habe nicht ich Dir mein ganzes Vertrauen geschenkt? oh!

Bär brummt.

Ich beschwöre Dich zum letzten Male: Brich Dein unerkläliches Schweigen! Erkläre Dich! Löse das Räthsel Deiner Natur! Bist Du vielleicht ein Graf Oerindur?

Bär (fällt auf die Kniee nieder. In höchster Extase brüllend.)

Es sei!!

Casperl fällt aus Schrecken um.

Bär (feierlich).

Schwöre bei allen germanischen Gottheiten, welche der gelehrte selige Jakob Grimm wieder in die Mode gebracht hat, tiefes ewiges Schweigen über Alles, was Du nun von mir hören wirst! Wo nicht – so fresse ich Dich noch vor meiner diplomatischen Mittheilung mit Haut und Haaren auf!

Packt den Casperl bei der Gurgel und rüttelt ihn.

Casperl (zitternd und bebend.)

Ich schwäre!

Bär.

Nun denn: so höre! Ich bin eigentlich kein Bär, sondern nur in dessen Hülle oder Pelz. Ich bin der verzauberte Zauberer und Taschenspieler Strizlmajer, gebürtig aus Deggendorf.

Casperl.

O, wie freue ich mich, Dich Mensch zu wissen! Sei mein Bruder, mein Freund!

Umarmung.

Bär.

Auf meinen Reisen als Escamoteur machte ich am türkischen Hofe die Bekanntschaft der Fee Waltrudis, welche dort Gastrollen als Trud gab und namentlich dem Sultan selbst sehr zusetzte. Ich gefiel ihr – so zwar, daß sie mich heirathen wollte; allein ich blieb standhaft in der Treue, weil ich in Passau bereits verlobt war mit der Anna Maria Hintermajerin, Obstlerstochter.

Casperl.

Der Name Hintermajer ist mir nicht fremd; denn ich habe eine Cousine bei Vilshofen, die s o heißt.

Bär.

Höre weiter! und dieß ist das Gräßliche und Geheimnißvolle. Waltrudis ließ nicht ab von mir und verfolgte mich unablässig mit ihren Anträgen. Da ging mir die Geduld aus. Ich verrieth in Constantinopel, daß sie eine Hexe und Trude sei. Darauf hin ließ sie der Sultan fallen. S i e aber gerieth in eine solche Wuth, daß sie mich in ein Bärenfell zauberte und in diesen Wald her brachte, wo ich ihr nun seit anderthalb Jahren, aus Schmerz und Gram stumm und dumm geworden, die niedrigsten Dienste zu leisten habe!

Casperl.

Aber, Freund und Bruder! Warum hast Du Dich denn verzaubern lassen? Du bist ja selbst ein Zauberer und hätt'st ja Zaubergegenmittel genug g'habt?

Bär.

O Schmach! Es war m e i n e eigene Schuld, daß ich erlegen. Waltrudis hat den Augenblick benützt, da ich vom Opiumgenuß betäubt war, so zu sagen wehrlos. Ich war nicht selten dem Trunk ergeben.

Casperl.

O Freund! Dieser Fehler kömmt manchmal vor. Und es ist ein Glück, daß Zaubereien bei uns jetzt nicht mehr vorkommen. So Mancher könnte mir nichts dir nichts in einen Bären oder in einen Esel verwandelt werden. Doch schweigen wir über diesen zarten Gegenstand. – Aber sage, warum lebt Waltrudis in diesem einsamen Wald?

Bär.

Vernimm es: Ihr erster Mann war König im Reiche der Vögel, ein Kobold, und aus dieser Ehe kam ein Sohn, »D r o s s e l b a r t« mit Namen. Diesem ihrem Sohn zu lieb zog sie in den Wald, denn sein eigentliches Element ist der Gesang, wie es bei den Vögeln der Fall ist.

Casperl.

Oh! jetzt geht mir ein Licht auf! D e n hab' ich schon singen hören. Er hat eine wunderschöne Tenorstimm'.

Bär.

Nun weißt Du vorläufig genug. Das Weitere wird sich im Verlaufe des Stückes ergeben. Aber schweige, schweige! sonst sind wir beide verloren. Alles wird sich noch lösen und erklären, wenn die rechte Zeit kömmt. Jetzt laß' uns gehen.

Casperl.

Ja, wo ist denn ein Wirthshaus in der Nähe?

Bär.

Ich darf mich an solchen Orten noch nicht blicken lassen. Aber komm nur! (Beide ab.)

Verwandlung.

Gemach im Schlosse des Königs Silberhaar.
König. Majordomus.

König.

Hast Du noch nichts in Erfahrung gebracht?

Majordomus.

Nichts, mein Königlicher Herr, trotz aller Nachforschungen!

König.

Weh' mir! so muß ich verzweifeln. Was hab' ich gethan?! Warum hab' ich in der Anwandlung von Unmuth meine Tochter verstoßen!

Majordomus.

Tröstet, beruhigt Euch Majestät! War nicht sie selbst Schuld daran? Jolindens Starrsinn und Hochmuth mußten Euch auf das Äußerste bringen.

König.

O hätte ich noch Geduld gehabt! Ich habe zu rasch gehandelt. Unüberlegt war es jedenfalls, Jolinden auf solche Art von mir zu weisen. Ich armer Thor! (Weint ungeheuer.)

Majordomus.

Es ist nicht möglich, Prinzessin Jolinde habe sich so weit entfernt, daß es unseren Nachforschungen nicht noch gelänge, sie zu finden.

König.

Nein! Nein! – sie ist verloren; denn Niemand weiß eigentlich den Aufenthalt dieses räthselhaften Waldsängers, der sich nur von Zeit zu Zeit hier blicken läßt und mit seinem Gesange meine Tochter bethört hat.

Majordomus.

Allerdings ist es so. Man sagt, sein Aufenthaltsort sei ein nicht fern gelegener tiefer Wald; allein Niemand hat ihn noch entdecken können. – Doch ich gebe meine Hoffnung nicht auf. Mein König, vertraut meiner Sorgfalt.

König.

Ich zweifle nicht daran und werde mich zu beruhigen suchen. – Wie steht es mit den Finanzen? Ist genug Geld in meiner Cabinetscassa?

Majordomus.

Genug Geld? – Dieß ist freilich sehr die Frage. Einschränkungen werden immer dringender. Es wird gut sein, wenn Allerhöchstselben dem Hofmarschall befehlen, weniger Gänsleberpasteten und dergleichen aufzutischen.

König.

Und gerade diese eß' ich so gerne!

Majordomus.

Der Hofbanquier will keine Vorschüsse mehr leisten.

König.

Man wird doch diesen Juden zu Paaren treiben können! Einsperren! – (Weint wieder.) O meine Tochter! Meine Jolinde!

Majordomus.

Haben Euere Majestät noch Etwas zu befehlen?

König.

Nichts, nichts habe ich zu befehlen! Ich bin ein unglücklicher alter Mann! Alles, alles biete ich auf, daß Jolinde gefunden werde! (Ab, weinend.)

Majordomus (allein).

Der alte Mann dauert mich. Seine Tochter, die ihm Alles war, ist nun vielleicht für ihn verloren! Vielleicht hat sie sich in einen Zauberkreis verirrt. Es gibt so Vieles in diesem Leben und auf dieser Erde, was sich Niemand erklären kann. Man lacht über Magie, verspottet, was man nicht zu deuten vermag und weiß sich selbst über das oft zunächst Liegende keinen Aufschluß zu geben. Dieser gute König ist voll Schmerz wegen seiner Tochter, möchte aber auch den Genuß seiner Gansleberpasteten nicht vermissen. Welche Widersprüche im menschlichen Sein und Thun!!

Der Vorhang fällt. Ende des II. Aufzugs.

III. Aufzug.

Schlechte Stube in Turdus' Hütte.
Casperl mit einem Kehrbesen scheuernd.

Casperl (wischt sich den Schweiß von der Stirne).

Das heißt man eingehen! – Jetzt bin ich hier seit vier Wochen wie ein Zuchthäusler eing'sperrt und weiß nicht warum und wie und was und wieso und woher und wohin – einem gewissen Schicksal verfallen, so zu sagen verzaubert! Das ist doch zu arg auf der Welt! Seit mein Freund, der Bär in einer verhängnißvollen Nacht während einem Gewitter in der blitzlichten Finsterniß durch- und abgeblitzt ist, bin ich in dieser saubern Wirthschaft Vizehausknecht worden! Oh Stricksal! warum? warum? – (Tragisch.) Diese Frage werf ich dir in deinen die Menschheit verschlingenden Rachen! ha! – warum? rum, rum, rum, rum, dum, dum, dum, dum, dumdadera! – – – Antworte mir Stricksal!

Donnerschlag. Casperl fällt und steht langsam wieder auf.

Das ist immer die nehmliche G'schicht: wann ich an das Schicksal eine Frag thu, nachher thut's einen rechten Pumpser und ich fall auf meine Gesäßmuskeln. Ich glaub', es ist aber nur eine boshafte Theatermaschinerie, damit's Publicus mich wieder auslachen kann. Das kann und darf nicht so fortgeh'n, sonst beschwer' ich einmal mich bei den Kammern. – O, Himmel, jetzt kommt die junge Frau: Sie ist schön und jung, aber sie scheint mir nicht glücklich. (Zieht sich in den Hintergrund zurück.)

Jolinde tritt erschöpft und ermattet ohne Casperl zu bemerken ein.

Jolinde.

Weh mir! wie elend bin ich, wie unglücklich! – Ich, die Königstochter bin nun eine armselige Magd! – Indem ich erreicht, was ich verlangt, bin ich zu Grunde gerichtet! Die Freiheit hab' ich gewollt und in meinem Hochmuth,

dem Stolze zu genügen, wurde ich in das Gegentheil versetzt durch bittere Täuschung. Daß ich mich den Verhältnissen fügen sollte, dies wollte ich nicht ertragen vergessend, daß das Gold der Fürstenkronen auch eine Last ist. Daß man mir als Königstochter huldigte, dies war mir ganz genehm, daß aber mit dieser Stellung auch Pflichten verbunden sind, die ich zu erfüllen gehabt hätte, dieß war mir unlieb und unerträglich. Wie verblendet war ich doch! Und mein armer Vater, der nur das Beste für mich wollte, mein armer Vater! Wie undankbar habe ich mich gegen ihn benommen! O könnte ich zu ihm, um ihn auf den Knieen um Verzeihung zu bitten! (Sinkt weinend nieder.)
 Allmälig nähert C a s p e r l und stellt sich, sie betrachtend, vor sie hin.)

Casperl (mitleidsvoll).

O Sie schöne gnädige Frau! Gute Gebieterin Was dauern Sie mich!

Jolinde (überrascht).

Wie? du bist da, Casperl?

Casperl.

Ja, ich bin da. Wenn ich Ihnen nur helfen könnt'! Sie scheinen mir nicht glücklich zu sein! Aber es ist ja nicht anders möglich. So schön, so fein – und Zimmer putzen, Wasser tragen, Körb' flechten – das paßt ja doch nicht für ein so feines Frauenzimmer!!

Jolinde.

Ich sollte mich freilich nicht beklagen, denn es ist meine eigene Schuld, daß ich in diesen Zustand gerathen bin.

Casperl.

Mir geht's zwar auch so – aber ohne mein Verlangen. Glauben Sie denn, daß so was angenehm ist, aus einem allgemein geachteten Staatsburger plötzlich in eine Art Hausknecht verwandelt zu sein. (Fängt zu weinen an.) Weiß der Teixel, wer mir d a s angethan hat? –

Jolinde.

Ach! vielleicht die unsichtbare Macht, die Zaubergewalt, welche auch mich befangen hält.

Casperl (erhaben).

Ha! und sollte keine Möglichkeit sein, sich dieser Malice zu e n t r o i ß e n! – Ha! Es gibt doch allerhand Sympathiemittel gegen's Zahnweh und dergleichen! Daran ist wohl nicht zu zweifeln, daß die Waldtrud eine Hex' sein muß und deren Sohn mit Respect zu melden Ihr Herr Gemahl eine Art Wildling; denn außer seiner schönen Tenorstimm' ist ja gar Nichts an ihm. Gerad' so, wie's bisweilen bei den Theatersängern der Fall ist.

Jolinde.

O schweige. Mag es wie immer sein! Eben diese Stimme hat ja das Bezaubernde.

Casperl.

Nun aber da soll er sich auch wie ein gebildeter Mensch Haar und Bart abschneiden und nicht wie ein Waldteufel herumlaufen, daß er zum fürchten ausschaut. Man könnt 'n ja in jeder Menagerie seh'n lassen. Ich hab ja z.B. noch kein g'scheit's Wörtl von ihm g'hört. Die Frau Schwiegermaman die red't doch bisweilen Was; aber freilich nichts Angenehm's. Mich brummt's 'n ganzen Tag aus.

Man hört in der Ferne den Klang von Jagdhörnern.

Jolinde.

Himmel! Was hör' ich? Diese Klänge sind mir bekannt! Das sind meines Vaters Jagdhörner!

Casperl.

Wie wär' das möglich? In dem Wald ist's immer stumm und todt. Nur die Vögel zwitschern oder kräh'n.

Jolinde.

Mein Gott! – Vielleicht meines Vaters Gefolge! O Casperl, ich weiß, daß du mir ergeben bist; könnte ich mit dir hinaus und den lieben Klängen nacheilen! – –

Casperl.

Ja, da hat's den Hacken, daß die unsichtbare Zaubergewalt uns bannt. Aber ich probir's doch. (Geht ab.)

Hinter der Scene: Turdus' Gesang zur Laute. Jolinde, welche dem Casperl folgen wollte, bleibt dem Gesange lauschend an der Thüre stehen.

Turdus' Gesang hinter der Scene.

Es ruft der Hörner Schall,
Du hörst den tiefen Hall;
Jolinde willst Du flieh'n
Und von dem Sänger zieh'n?

O geh' nicht fort, o geh' nicht fort,
Und bleibe in der Vöglein Hort,
Im Grün der Linde,
Jolinde, Jolinde!

Die hintere Gardine öffnet sich. Turdus sitzt in grün schimmernd erleuchtetem Waldgrunde. Jolinde schreitet auf ihn zu und sinkt vor ihm zu Boden. Die Rückwand schließt sich wieder. Waltrudis tritt ein.

Waltrudis.

In wunderbaren Kreisen spinnt das Leben
Die Fäden des Geschickes und des Zaubers.
Geheime Macht webt sie zum mag'schen Netze,
In dem des Menschen Wille liegt gefangen.
Was Tag um Tag sich fügt, ist Folge nur
Und Frucht des ersten unsichtbaren Keimes;
Der Knoten, der als Räthsel sich geschlungen,
Wird einmal seiner Wirren Lösung finden;
Wenn Stolz und Eigenwille sich gewandelt
In Demuth und des Herzens Gluth sich regt.
Die Vöglein sagen sich's in stillen Weisen:
Grasmücken, Amseln und die bunten Meisen,
Rothkelchen, Staaren, Lerchen, Nachtigallen –
Im Chore lassen bald sie es erschallen,
Sind sie in Schaaren fröhlich aufgeflogen:
»Der Drosselbart ist in sein Schloß gezogen!«

Ja so wird es sein. Hat der Waldsänger seine Sendung erfüllt und Jolinde sich gedemüthigt, da werden des Waldes Bewohner aufjubeln, in seiner wahren Gestalt wird König Drosselbart in das Schloß einziehen mit seiner Königin und aller Zauber wird geschwunden sein. Ich kehre dann zurück in das Fee'nreich, meine Heimath. (Ab.)

Verwandlung.

Das Innere eines Waldes. Felsiger Hintergrund.
Hörnerklang. Rückwärts, von Hunden gejagt, ein vorüberfliehender weißer Hirsch. Jäger zu Pferde folgen ihm.
König Silberhaar, vom Majordomus geführt.

König.

Ich bin müde. Hier will ich rasten. Laßt die Rosse grasen.

Majordomus.

Die Sonne ist auch schon hoch am Himmel. Der edle weiße Hirsch hat uns tief in den Wald gelockt.

König.

Wie oft habe ich doch in diesen Wäldern gejagt, aber dieses Revier ist mir ganz fremd. Ist Dir's nicht eben so?

Majordomus.

In der That, Majestät. Ich meine, dies seien ganz andere Bäume und Strauch wie Busch von seltsamster Art.

König.

Aber auch dies zerstreut mich nicht. Mein Herzensjammer schwindet nicht. Ich muß immer meiner armen Jolinde gedenken. Mein Gott! vielleicht lebt sie nicht mehr! Ich möchte vor Schmerz vergehen! (Setzt sich auf einen Felsblock und weint.)

Majordomus.

Mein König! Könnte ich Euch doch trösten! Wie oft habe ich schon gehört und in alten Liedern wird es gesungen, daß ein weißer Hirsch ein gutes Lebenszeichen sei und daß der, welchem sich das wunderbare Thier im Walde zeige, ein besonderes Glück zu erwarten habe.

König.

Du meinst es recht gut mit mir, lieber Majordomus; allein derlei, wie die Mittheilung vom weißen Hirsch, sind nur alte Mährchen oder Sagen der Dichter und Sänger; poetische Bilder, wie so viele andere, die nicht in der Wirklichkeit ihren Grund haben.

Majordomus.

Nicht Alles, was Dichter und Sänger künden, ist zu verwerfen und wenn es auch nur zur Herzenserquickung der Menschen vorhanden wäre. Wie viele Blumen blühen, deren Nutz und Frommen nicht gekannt ist! Aber ihre Farbenpracht, ihr Duft erfreut und erquickt uns.

König.

Wie gerne möchte ich freudig hoffen! Diese Nacht auch hatte ich einen Traum, in welchem ich Jolinde wieder sah. Sie erschien mir mit Blumen geschmückt, in einer herrlichen, zauberhaften Gegend und lächelte mir lieblich entgegen.

Majordomus.

Möge der Traum das Vorbild der Wirklichkeit sein. Doch was kömmt daher? Die Jägerknechte bringen eine absonderliche Beute!

Casperl wird von Jägern hereingeschleppt.

Casperl.

Oha! meine Herren! Ich bin kein wildes Thier. Laßt mich aus!

Ein Jäger.

Herr Majordomus! Das Wild da haben wir aufgefangen.

Majordomus.

Ein curioser Vogel das!

Jäger.

Aber gutmüthiger Art, wie es scheint.

König.

Was gibt's da? Das Thier spricht ja.

Casperl.

Ja freilich. Ich spreche wie ein anderer Mensch und hab' auch Hunger und Durst.

König.

Du sollst Futter bekommen; aber zuerst sprich: wo du herkömmst und wer du bist?

Casperl (mit einer Referenz).

Gehorsamster Diener! Ich komm' glaub' ich daher, wohin Ihr möchtet und bin derjenige, welcher – –

König.

Daher kömmst Du, wohin wir möchten?! Erkläre Dich, bunter Vogel mit menschlicher Zunge!

Casperl.

Ich komm' geraden Wegs her von der schönen Prinzessin Jolinde.

König.

Mein Gott und Herr!

Majordomus.
Was sagst Du da, Wundervogel auf Menschenbeinen? Lügst Du?
Jäger.
Willst Du gestäupt sein?
Casperl.
Nein, ich danke schönstens. Im Wald da staubt's gar nicht. Wahr ist's; ich komm wie gesagt gerad von der Prinzessin Jolinde her.

König (fällt in des Majordomus Arme).
Wo ist meine Tochter? meine arme Tochter?
Eine Schaar der verschiedensten Vögel schwärmt herein und wieder hinaus.
Gesang hinter der Scene von Frauenstimmen.
Jolinde!
Jolinde!

Jolinde (stürzt herein, sinkt vor dem König auf die Kniee.)
Mein Vater! mein guter Vater! Hier lieg' ich vor Euch. Verzeiht der stolzen Jolinde! Sie hat gebüßt!

König (sinkt in ihre Arme).
Meine Jolinde! Meine geliebte Tochter!!
Donner. Die Felsenrückwand verwandelt sich in das Schloß des Königs **Drosselbart**, welcher in schöner, jugendlicher Gestalt im Königsschmucke, umgeben von Genien und Gefolge, hervortritt und spricht

Jolinde! ja, Du hast gebüßt,
Gebüßet und gesiegt, nun sei versüßt
Dein Leben nur; denn sieh' mit Dir gepaart,
Ist ja des Waldes Sänger Drosselbart.
Nun bist du Königin im Sängerhain
Mit güldener Krone an der Seite mein!
Komm' in mein Schloß und folge mir
Du meines Lebens schönste Zier!

Unter festlicher Musik und indem die Vögel auf- und niederflattern, fällt der Vorhang.

Ende.

Anhang

Die Lustigen Komödienbüchlein

Über 18 Jahre hinweg, von 1859 bis ins Jahr nach seinem Tod 1877, erschienen die sechs Bändchen, die von Poccis Werk am häufigsten nachgedruckt wurden.

Der Begriff »Komödie« im Titel der Sammlung meint nicht die dramatische Gattung (im Gegensatz zur Tragödie). Statt gelehrtem oder französischem Einfluss entstammt er, wie das Deutsche Wörterbuch der Gebrüder Grimm im elften Band von 1873 (also zeitgenössisch zu Pocci) angibt, »unmittelbar dem Theaterleben« und meint »Spiel«, »Spectakel« und »besonders lebhafte Vorfälle, ›Scenen‹«; der Begriff sank »noch viel tiefer« zur »Hunde- und Affenkomödie« bei Jahrmarktsvorführungen. Der Akzent liegt auf einem hellen »e« der zweiten Silbe und das Wort endet auf ein langes »i«: »Komédi«.

Zusätzlich bestätigen die Untertitel der einzelnen Stücke, wie unspezifisch die Sammlung seiner »Komödien« von Pocci selbst verstanden wurde.

Die Diminutive »-büchlein« und »Bändchen« galten dem während zweier Jahrzehnte beibehaltenen Duodez-, das ist Postkarten-Format, und nicht einem Umfang zwischen 250 bis 300 Seiten und mehr. Alle Bändchen tragen als Titelvignette die Casperlfigur, die sich hinter einer übergroßen Maske, dem karikierten Pocci-Porträt mit prägnanter Nase und resigniertem Gesichtsausdruck, versteckt. Auf den Titelseiten der 40 Stücke gibt es dann noch einmal eine je eigene, inhaltsbezogene Vignette.

Die 1859 begonnene Serie der »Lustigen Komödienbüchlein« wurde 1861 mit einem zweiten Band, dann 1869, 1871, 1875 fortgesetzt und postum 1877 mit dem sechsten Band abgeschlossen, der eine umfängliche Würdigung des Dichters durch Hyacinth Holland, einen Freund Poccis, enthielt.

Wie bei den 1834–37 mit Guido Görres herausgegebenen 15 Heften des »Festkalenders« und seinen Fortsetzungen, den »Geschichten und Liedern mit Bildern« 1840 bis 1845, sowie den Bildfolgen zum »Staatshämorrhoidarius« in den »Fliegenden Blättern« ab 1845, konnte der Dichter auf langfristiges und wiederholtes Interesse an allem rechnen, was er veröffentlichte: Er versprach auch Umsatz für die Verleger und Buchhändler.

Die Stücke des »Lustigen Komödienbüchleins« bestritten das Repertoire des ersten institutionalisierten Marionettentheaters des Papa Schmid, und der Prinzipal selbst baute darauf sein Bild als wandelnde Verkörperung des Casperl Larifari. Dass die »Verbindung des praktischen, erfahrenen Puppenspielers mit dem Dichter sehr glücklich« gewesen sei, bemerkt Tankred Dorst

1957 in seinen grundlegenden Beobachtungen zu den Marionetten und der Kooperation Schmid/Pocci: »Pocci schreibt das Repertoire dieser Bühne, und sein Stücke bilden zum ersten Mal einen Stil, eine Spielweise aus, die bald und bis heute für viele volkstümliche Marionettenbühnen verbindlich geblieben ist.« Auf der Basis ›produktiver Verwandtschaft‹ gibt Dorst, der damals seine ersten, leider nie gedruckten Texte für eine Münchner Marionettenbühne schrieb (davon einen in der Pocci-Tradition zusammen mit Wilhelm Killmayer), den besten Überblick über die Eigenarten der Epoche machenden Stücke: »Die Handlung seiner Komödien hat Pocci meist bekannten Volksmärchen entlehnt oder mit der Erinnerung an Gelesenes und Erzähltes frei erfunden. Die Figuren erklären sich häufig durch ein Auftrittslied oder durch einen Monolog, die Szenen sind lose aneinandergereiht, ohne geschlossene dramatische Form, flüchtig motiviert. [...] Ebenso willkürlich die Schlüsse: In der ›Zaubergeige‹ tritt, um die Verwirrung zu beenden, der Geist Cuprus auf und spricht ›Das Stück dauert schon zu lange: Ich habe längst auf die letzte Szene gewartet. Ich bin der Deus ex machina ...‹ – so unwichtig ist die Handlung. Der Dichter spielt mit seinem Stoff. [...] Solche Augenblicke, die das Spiel ganz unvermutet unterbrechen und die dem Zuschauer bewußt machen, daß dies Spiel sei, nicht mehr, und daß dies Marionetten sind, von romantischer Laune und Willkür geführt, keine Menschen, kehren in Poccis Komödien immer wieder. Es ist eine Welt des Scheins, und sie besitzt nur poetische Realität. [...] In diese Welt, die so kurios und wunderlich gemischt ist, so voller phantastischer Erscheinungen und erschreckender Gestalten, spaziert Kasperl hinein, als wäre es nur eben in den Englischen Garten. [...] Als Held dieser Komödien wird er Prinz, Gelehrter, Geigenvirtuose, Kapitalist, Maler und Revolutionsheld: immer sind es Situationen, die seinem Wesen gemäß sind. Und hier, wo die gemeine Welt mit der phantastischen immerfort zusammenstößt, die Wirklichkeit mit dem Traum, die Alltäglichkeit mit dem Wunder sich verbindet, entzündet sich der komische Funke, sprüht das Feuerwerk des Witzes auf, das diesen kleinen Kosmos in ein reines poetisches Licht taucht. Die Marionettenspiele Poccis leben aus der innigen Verbindung von volkstümlich Derbem mit bewußt künstlerischer Formung.« Ergänzend hinzuzufügen wäre allenfalls, dass Pocci mit seinen satirischen Passagen den Schein der Kunst doch dann und wann durchbricht: Seine Stücke halten den Zeitgenossen gezielt den Spiegel vor.

Durch ihre Rezeption – die »erfreuliche Aufnahme« auch im »Buchhandel« (Hyacinth Holland) – traten die sechs Bändchen ins Zentrum von Poccis Werk, sie überlagerten die andern Werke, auch wenn es später neben sehr vielen Auswahlen nur zwei Gesamtausgaben des Komödienbüchleins (1891 und 1909f.) gab. Anfangs herrschte auch noch eine gewisse Reserve, denn da Pocci die dem Puppenspiel offiziell zugeschriebene Aufgabe, »jugendliche Verstandeskräfte nützlich zu erweitern und die Phantasie heiter zu beleben« (Hyacinth Holland) nur bedingt erfüllte, fühlte sich sein Biograph zur gewundenen, vorauseilenden Entschuldigung veranlasst, dass »das potenzierte Spiegelbild des eulenspiegelhaften Volkshumors [...] sich nicht äußern kann gleich den andern ehrsamen Philistern und deshalb gegen jede hergebrachte Höflichkeit verstößt«. Es gab auch einzelne, die »unehrsamen« Grobheiten mildernde Bearbeitungen für Jugendgruppen, deren neue Untertitel »lehrreiches Beispiel«, »moralische Komödie« schon die Tendenz verraten, auf die hin die Pocci-Stücke umzuarbeiten waren.

Franz Pocci selbst hat in zwei Gedichten anlässlich der letzten Bändchen des »Lustigen Komödienbüchleins« in einer Art Selbstkommentar vorgeschlagen, wie die Stücke zu lesen und zu verstehen sind. Er verwendet dabei den Titel »Komödienbuch« im Singular wie Plural und bezieht sich auf alle damals erschienenen fünf Bände, d.h. er versteht sie als eine Einheit.

Beide Gedichte wurden aus dem Nachlass von Franz Pocci (Enkel) erstmals in der 1921 beim Deutsch-Meister-Verlag erschienenen Auswahl (S. 33 und 356) abgedruckt. Als Zeugnisse seines dichterischen Selbstverständnisses wie auch für die Interpretation der Stücke bieten die Gedichte einen Horizont, der ihren Abdruck jedenfalls rechtfertigt.

Vorwort
zu den zu druckenden neuesten Marionettenspielen

Diese Marionettendramen
Wurden oft schon produziert
Und die kleinen Herr'n und Damen
Haben immer applaudiert.
Aber auch für große Leute
War die Sache nicht zu dumm,
So empfehle ich denn heute
Dieses Buch dem Publikum.
Solche Stücke zu verfassen
Ist doch keine Kleinigkeit;
Kritisier'n und Bleibenlassen –
Dazu findet man wohl Zeit.
Sagen die erhab'nen Lichter:
»Ach! Das sind nur Kinderei'n!«
Laden wir die großen Dichter
Derlei selbst zu machen ein!

26. Dezember 1873

1876

Zu meinem lustigen Komödienbüchlein*
(fünf Bände)

Ein lustiges Komödienbuch
Voll Possen wohl und nur zum Lachen –
So meint Ihr sei's; damit genug!
Doch ach! So konnt' ich es nicht machen.

Es reichen ja Humor und Schmerz
Die Hände immer sich im Leben,
Und wer sich greift ins eig'ne Herz,
Wird oft in Zwiespalt schweben.

Oft wenn's Dir nicht um's Lachen ist,
Sollst fröhlich Du erscheinen,
Und wenn Du bittertraurig bist,
Darfst Du beileib nicht weinen.

So möge dies Komödienbuch
Ein Spiegel nur erscheinen
Des Menschenlebens – Lug und Trug,
Zum Lachen und zum Weinen.

22. Februar 1876

---

* Bei Übersendung als Geschenk vermutlich an Franz Kobell

Lustiges Komödienbüchlein – Sechstes Bändchen

Das sechste Bändchen der »Komödienbüchlein«-Reihe erschien ein Jahr nach Poccis Tod (7. Mai 1876) im Jahr 1877, d.h. der Autor hatte keinen Anteil an der Schlussredaktion, wie sich das sehr deutlich am Fehlen der Titelvignetten zeigt, die den vorangegangenen Bändchen jeweils als graphisch-interpretierende Akzente den Stücken mitgegeben sind.

Hyacinth Holland (1827-1918), der Herausgeber des sechsten Bändchens, war Freund und Biograph nicht nur des Dichters, sondern als vielseitiger Münchner Literat auch Bekannter vieler anderer Zeitgenossen. Er schrieb zu dem vorliegenden ›Nachtragsband‹ die biographische »Erinnerung« und veröffentlichte 1890 noch eine monographische Studie über Pocci. In den sechsten Band der erfolgreichen »Komödienbüchlein« nahm er neben den letzten vier Casperl-Stücken auch zwei Kasperl-Stücke auf, die Pocci selbst wohl eher nicht in dieser Reihe hatte sehen wollen, waren sie doch in der zweiten Auflage des »Neuen Kasperl-Theaters« (1873) veröffentlicht und damit auch einem anderen Kontext zugeordnet worden; d. h. Holland durchbrach – wohl um den Umfang des letzten Bandes zu steigern – die Gattungs- und vielleicht auch die Qualitäts-Kriterien des Dichters.

Nach den umfangreichen und durchgestalteten Stücken »Undine« und »Casperl in der Zauberflöte«, sowie dem »Zwischenspiel« »Die Erbschaft«, und vor Poccis letztem Casperl-Stück »König Drosselbart« stehen zwei eher dem Dult-Kasperl zuzuordnende kurze Stücke: »Schuriburiburischuribimbambuff« und »Der gefangene Turko«, in denen Holland jedoch, in Abweichung von der Orthographie des Autors und entgegen der Schreibung des Bandes, aus dem sie entnommen wurden, den Namen der Hauptfigur mit »C« schreibt. Damit ist eine dem Autorwillen eigentlich nicht konforme, vom Herausgeber bewusst getroffene Anhebung des Niveaus vorgenommen.

Bei der Schreibung des Titels vom »Neuen Kasperltheater«, wie ihn die Fußnoten auf den Seiten 99 und 123 unserer Ausgabe wiedergeben, folgen wir der Vorlage: Bei dieser haben Verlag oder Herausgeber den Titel der Auflage von 1873, wo (ebenso wie in Hyacinth Hollands Bibliographie der Pocci-Werke von 1877) der Name mit »K« beginnt, falsch wiedergegeben und rückwirkend den Kasperl zum Casperl der Komödien Büchlein nur »nobilitiert«.

Den Entstehungsbedingungen entsprechend kann in diesem Band – von durchgängig vorhandenen – meist kritischen – Zeitbezügen und den bei

Pocci immer wieder thematisierten Geldfragen abgesehen, kaum eine Einheit erwartet werden: Gerahmt von zwei Märchenstücken nach Motte-Fouqué und den Gebrüdern Grimm stehen das hochironische Stück, das sich auf die Mozarts »Zauberflöte« bezieht, und drei kürzere Texte, von denen nur »Die Erbschaft« zum Spätwerk Poccis gehört und als solches auch von Holland in seiner »Erinnerung« (vgl. S.XXIV) eigens erwähnt wird.

Zu den Stücken

UNDINE

Quellen und Anregungen

Nach Auskunft des Pocci-Enkels geht die Wahl des Stoffes auf eine Anregung des Theaterleiters Christoph Schmid zurück; Pocci selbst habe gezweifelt, »ob die Pointe des Stoffes es ihm möglich machen würde, ein für die Kasperlkomödie brauchbares Stück daraus zu machen«. Seiner Einsicht in die Schwierigkeit, Kindern die Tragik von Undines Liebe begreiflich zu machen oder sie doch über deren Schicksal zu trösten, stand die Wahrnehmung des praktischen Theatermannes entgegen, der auf einen populären, viel bearbeiteten Stoff setzte und wusste, um wie viel besser als auf der großen Bühne sich gerade in einem Puppentheater die Illusion von Wasser- und Schwimm-Szenen erzeugen läßt. Nachdem Pocci wohl auch die durchheiternden Effekte von Casperls »Wasserscheu«, bedingt durch konstanten Bierdurst, voraussah, hat er sich Schmids Vorschlag gebeugt: Er änderte wie bei den Märchen der Gebrüder Grimm, die er einigen seiner Stücken zugrunde legte, auch in Friedrich Heinrich Karl de la Motte-Fouqués (1777-1843) Kunstmärchen UNDINE (1811) markant den Aufbau, die Motivationszusammenhänge und fügte der Handlung den obligatorischen Casperl hinzu. Neben dessen komischen Kommentaren fallen als Poccis deutlichste Abweichungen von der Vorlage die Gestaltung der Figur der Berthalda, die Einschränkung der christlichen Motive und die Gestaltung des Schlusses als Happyend auf: Der Pater Heilmann fehlt in dem Marionettenstück. Dementsprechend findet keine christliche Trauung statt. Kommt es bei Fouqué zu einer Dreierbeziehung – denn auch Berthalda lebt auf Huldbrands Burg, nachdem dieser Undine geheiratet hat – so schließt ihr Standesdünkel bei Pocci rigoros jedes Nebeneinander mit Undine aus: Sie sinnt auf Rache gegen die große Liebende und kann sie vernichten, nachdem sie von Kühleborn Undines Herkunft aus dem Reich der Elementargeister erfahren hat. In der Vorlage verurteilt daraufhin der Herzog, Berthaldas Stiefvater, den Ritter Huldbrand im Namen der Christenheit, weil dieser sich mit einer Fee eingelassen hat. Läßt Fouqué lässt ihn sterben, so beschert Pocci dagegen dem Ritter Huldbrand nach dem Vorbild von Albert Lortzings (1801-1851) Oper »Undine«(1851), eine Art Apotheose für seine Treue: Er und Undine werden, versöhnt mit Kühleborn, durch das Schlusstableau verklärt. –

Statt vergeblicher Sehnsucht eines Elementarwesens nach Beseelung durch die

Liebe wie bei Fouqué steht bei Pocci die Frage nach gesellschaftlicher Anerkennung der Liebespartnerin und Ehefrau im Zentrum. Pocci kritisiert damit – wie auch schon in anderen Stücken – den zeitgenössisch als so wichtig angesehenen »Stand« einer Person, ihre Herkunft aus »guter Familie«. An den beiden Frauen zeigt er, wie deren individuell-persönliche Werte durch Betonung ihrer sozialen Selbsteinschätzung eingeschränkt werden. Ihre Stellung zu dieser Frage kontrastiert die beiden Frauen: Berthalda identifiziert sich zum eigenen Schaden mit dem gesellschaftlichen Wertesystem und verrät die natürlichen Bande zu ihren Eltern. Weil sie auf ihr reiches, höfisches Leben nicht verzichten will, fällt ein Schatten selbst auf die auch von Pocci zitierte Verurteilung im Namen der »Christenheit«: Die Autorität für des Herzogs Urteil verletzt jedes natürliche Gefühl. Undine, als Naturwesen, ist also bei Pocci über die konventionellen Standesvorurteile erhaben, sie entsagt nicht nur der gesellschaftlichen, sondern auch der menschlichen Sphäre, der sie ihre Seele verdankte, und zieht sich in das Naturreich zurück, wo sie sich Huldbrands Liebe bewahren kann.

Worterklärungen und Erläuterungen

1 Titel: *Undine:* Der Name ist auch ein Begriff. Er verweist auf lateinisch unda, die Welle. Undinen sind in der Literatur durch ein Buch von Paracelsus über alle möglichen Wassergeister erstmals belegt; Pocci selbst zitiert es in seinem sehr ironischen Schattenspiel »Odoardo«, in dem die Liebe eines Prinzen zu einer Baumelfe mit dem Tod endet.

2 *Personen:* Pocci übernimmt die sprechenden Namen Fouqués, dessen namenslosem Fischer er allerdings auf den christlichen Heiligennamen des Fischers tauft.

4 *Sommerpaletot:* Ein Überzieher, eine Art Umhang für den Sommer.

5 *Huischen:* Casperls vornehme Aussprache setzt voll lautende Vokale, vgl. Bumerkung.

»fahrender« Ritter: Ein auf Abenteuerreise geschickter junger Ritter, der sich noch bewähren muss, hier von Huldbrand ironisch verwendet.

6 *Hofbräuhausbier:* Das Hofbräuhaus gehört zu den großen Bierhallen in München, es schenkte Bier aus der königlichen Brauerei aus.

8 *pappedeckeln Gegend:* Beispiel romantischer Ironie, der Dichter macht das Material bewusst, aus dem die Kulissen bestehen.

Moosschnepferl … Wildanten: Bairische Ausdrücke für Wasservögel, die Moorschnepfe und die Ente.

9 *Richard Wagner:* Dem durch seine Freundschaft mit Ludwig II. zeitgenössisch vor allem die bayrische Musikszene beherrschenden Komponisten gilt durchgängig Poccis Spott. Vgl. »Die Zaubergeige« Werkausgabe I,4. S.129ff. und Kommentar S. 218.

2 Maß: Die Mengeneinheit für Bier, ein Liter, überträgt Casperl auf das Wasser.

11 *Hausfrau:* Hier im doppelten Sinne von Ehefrau und Haushaltsvorstand zu verstehen.

13 *heilige Einfalt:* Als deutsche Übersetzung von lat. sancta simplicitas für heilige Unschuld durchaus positiv gemeint.

15 *treulos sind die Menschen:* Pocci legt dem Kühleborn eines der Grundmotive des

tradierten Undine-Stoffes in den Mund, das dessen besondere Bedeutungstiefe anzeigt. Vgl. den möglicherweise auch politisch gemeinten Vorwurf gegen das »allzufreie Geschöpf« auf S.XX.

19 *Schreibebrief:* Burschikose Bezeichnung für einen besonders gewichtigen Brief.
20 *Courtoisie:* Französisch Höflichkeit, sehr gewählter Ausdruck.
20 *Kemenat:* Meistens Kemenate, im Mittelalter das heizbare Zimmer in einer Burg für die weiblichen Hausbewohner.
21 *in andern Umständen:* Der Ausdruck meint eigentlich die Schwangerschaft der Frau, Casperl eilt damit den Umständen voraus.
22 *Flügeladjutant:* Auszeichnender Titel für Offiziere im diplomatischen Dienst.
Leibkoch: Komposita mit »Leib-« signalisieren die besondere Nähe zu Herrscher.
ein Stand: Pocci lässt hier Casperl humorvoll das Thema präludieren, das später bei der Frage nach der Familienherkunft eine große Rolle spielt.
23 *Metten:* Mundartlich auf Getöse, Aufwand.
24 *Hiobspost:* Schlechte Nachricht, Trauerbotschaft, von der sprichwörtlich schicksalsgeprüften Gestalt des Alten Testaments abgeleitet.
25 *Recht zu sprechen:* Es war Aufgabe und Vorrecht der Grundherren, als Richter in den seinen Ländereien Gericht zu halten und die Urteile über seine »Gaugehörigen«(vgl. S. 29) zu sprechen.
31 *es ist also:* Nachdrückliche Bestätigungsformel.
33 *Minne:* Archaisierender Ausdruck für Liebe.
Niersteiner ... Hörsteiner: Weinsorten, die Casperls Geschmack entsprechen, euphemistisch umschreibt er damit seinen Durst als wissenschaftliche Beschäftigung mit Versteinerungen.
Verheirasplung: Casperls macht sich mit dem Wortspiel, »heiraten«/ »verhaspeln«, d.h. verwickeln, über die Ehe lustig.
34 *pritschelt:* Bairisch für Umrühren in Flüssigkeiten.
passiren lassen: Etwas durchgehen lassen, gestatten.
geschätztes Publikum: Casperl durchbricht die Theaterillusion und redet direkt die Zuschauer an, ein Beispiel romantischer Ironie.
geistloses Fluidum: Anspielung auf »geistige«, d. h. alkoholhaltige Getränke; das lateinische Fluidum wird als flüssiger Körper übersetzt.
37 *vogelfrei:* Begriff der älteren Rechtssprache für Leute ohne Rechtsschutz, die von jedermann gefangen gesetzt oder gar umgebracht werden durften.

Casperl in der Zauberflöte

Quellen und Anregungen

Pocci greift auf Mozarts letztes und populärstes Werk, das ›Allerheiligste bürgerlicher Kunstverehrung‹, zurück. Casperls wie immer wieder die Handlung auslösender Aufbruch aus seinem Milieu führt ihn – eigentlich scheinbar zufällig – in Szenerie und Personal der Oper. Der Abschied von Grethl ist hier erstmals explizit zeitkritisch motiviert. Der abgewertete Fortschritt und sein Unwille gegen die unterschiedlichsten Erscheinungen der neuen Zeit ließen ihn zum Menschenfeind werden, oder sich zu diesem seit alters überlieferten Bühnentyp des Misanthropen stilisieren.

Pocci beginnt mit einem der bekanntesten der ›großen‹ Goethe-Zitate, das heißt er setzt nicht nur mit dem Opernstoff viel voraus, sondern zielt auch mit dem klassischen Anklang auf ein besonders hohes Niveau von Zeit- und Kulturkritik.

Das Stück übernimmt mit wenigen Ausnahmen die Opernfiguren, benennt sie allerdings zum Teil neu und zeigt sie gealtert. Damit fügt Pocci der viele seiner Stücke prägenden romantischen Ironie, der Selbstthematisierung der Kunst-Scheinwelt, eine neue Dimension hinzu: Fiktive Figuren erscheinen biologisch gealtert und müssen sich in historisch neuen Kontexten bewähren: Sarastro ist für Pocci ein alt gewordener Magier, und Pamina wünscht sich – gelangweilt von dem Gedudel der Zauberflöte, aber vergeblich – von Tamino die Musik von Richard Wagner.

Zusätzlich wertet Pocci die Figuren diametral um: Casperl darf sich über die höchste Autorität, Sarastro und seine Rituale, nicht nur lustig machen, sondern ihn auch noch bewusstlos prügeln. Die Königin der Nacht, deren Macht am Ende der Oper bekanntlich gebrochen ist, erscheint hier als die rettende Instanz für Casperl: Eingehüllt in die sie begleitende, auf der kleinen Bühne besonders theaterwirksamen Dunkelheit ist er vor Verfolgung geschützt und kann den Handlungsraum der Oper hinter sich lassen.

Sein Weg durch die Zauberflöten-Welt führte ihn also nicht hinauf zu der Menschheit Höhen, Pocci lässt ihn keine Bewährungsproben durchlaufen und Belohnungen oder Weihen wie Tamino angedeihen: Der um die Opern-Welt herum gestaltete Rahmen zeigt, wie sehr Pocci dann doch offensichtlich dem zentralen Läuterungsgedanken und der Flucht aus der Zeit in eine bereinigte Opernwelt misstraut: Er beschert seiner Figur auf dem Weg durch Mozarts Personal eine Erfahrung, die Casperl von der Misanthropie heilt und mit seiner Zeit versöhnt. Dass der Jäger Thomerl ihn zufällig vor dem Löwen retten kann und zu der für die Casperl-Stücke obligaten Heimkehr einlädt, begrüßt er als Vollendung seines Schicksals und als Fügung – und das auch obwohl zu Hause die Gläubiger drohen.

Worterklärungen und Erläuterungen

39 *Titel:* Der Untertitel ordnet das Stück der Ägyptomanie der Zeit zu, von der auch schon sein Stück »Kalasiris, die Lotosblume, oder Kasperl in Ägypten« zeugt (Werkausgabe 1,5 S. 8-34 und Erläuterung S.198f.); zur Ägyptomanie hatten Elemente von Mozarts Oper wesentlich beigetragen.

40 *Personen:* Pocci spielt mit den Funktionen der Figuren in der Oper, er macht Tamino zum professionellen »Flötenspieler«, tauft die stets die Bühne verdunkelnde Königin der Nacht auf Nocturna, das lateinische Adjektiv für nächtlich; Monostatist spielt mit dem theaterbezogenen Begriff »Statist« auf die Wächterfigur Monostatos an, hier als »Leibmohr«, d. h. besonders naher Diener der Königin der Nacht zugeordnet.

42 *Menschenfeind:* Durch die Tradition des europäischen Dramas vorgeprägter Figurentyp, zeitgenössisch vor allem dank Ferdinand Raimunds sehr populärem Zaubermärchen »Der Alpenkönig und der Menschenfeind« (1828) aktuell.

einjährig freiwilliger: Casperl spielt mit einem feststehenden Begriff aus der Terminologie der Wehrpflicht, die damals für die Schüler höherer Lehranstalten auf ein Jahr begrenzt war; Einjährig-Freiwillige bildeten die Reserve für das Offizierskorps.

Constemplation: Die Contemplation, der Begriff für die philosophische Betrachtung, ist gemeint.

»*Nach ewigen* ›*bis*‹ *Göthe:* Strophe aus Goethes Gedicht »Das Göttliche« (1783), das »Edel sei der Mensch...« beginnt.

Capitalrenten: Zinsen.

43 *Stricksal:* Typische Wortverdrehung Casperls, mit dem Anklang an Verstrickungen, sie kehrt auch in anderen Stücken wieder.

44 *Actuar ... Commisär:* Bürokratische Ränge: Der Beamtenhierarchie gilt immer wieder der Spott des Dichters, vgl. »Der Staatshämorrhoidarius«, Werkausgabe III,1.

45 *ad acta:* Zu den Akten.

»*Schöppeln*«: Im Weinhaus einen Schoppen trinken, gehört für Pocci immer wieder zum Alltag der Amtspersonen.

Personalia: Lateinische Amtssprache für Daten zur Person.

46 *Paßkarte:* War eine Voraussetzung für Reisen über die Grenzen der verschiedenen deutschen Staaten.

Hofbräuhausbock: Bockbier war nach Schmellers Bairischem Wörterbuch ein nur in staatlichen Brauereien hergestelltes starkes Bier. Der Tag des ersten Ausschankes gilt auch heute noch als Ereignis und wird medial und politisch begangen, daher gelten auch noch die vorausgehenden offiziellen Begriffe.

48 *Quelle ... Mesdames:* Die Damen sprechen in Mozarts Oper noch nicht Französisch, Pocci zielt mit diesen Conversations-Floskeln ironisch auf die zeitgenössische Gesellschafts- und vor allem die Gouvernantensprache: Welch erfreulicher Abend, meine Damen!

49 *À leur aise:* Französisch Wohlbefinden.

»*Schooße*«: Mit dem Schoß der Nacht, einer gebräuchlichen Metapher, werden ihr mütterliche Qualitäten zugeschrieben.

50 *Whist:* Gesellschaftlich gepflegtes Kartenspiel.

Comment: Französisch Anstand. Das Wort signalisiert die für die weiteren Szenen am Hofe übertriebene Etikette der Damen und Diener, die damit einen komischen Horizont für das Verhalten von Casperl bilden – vielleicht versteht Pocci Casperls Konfrontation mit diesem antiquierten Comment auch als Therapie für den an der neuen Zeit leidenden Menschenfeind: Die Zeit der »Zauberflöte« ist vorbei, zumindest erstarrt.

51 »*Doctor* ›*bis*‹ *Dittersdorf:* Die komische Oper aus dem Jahr 1786 verschaffte ihrem Komponisten Karl Ditters von Dittersdorf (1739-1799) eine weite, zeitgenössisch Mozart und Haydn übertreffende Popularität. Ein Bezug zur Handlung ist nicht gegeben.

Tricot-Livree: Verbindung des Ausdrucks für Schauspielerkleidung aus Baumwolle mit dem Begriff für die Bekleidung der Diener.

Quel horreur...!: Französisch: Wie schrecklich!
52 *reisender Gelehrter:* Den Gelehrten zeichnet Pocci wiederholt in seinen Stücken satirisch als Komödientypus; er bildet einen Ansatz für Poccis Wissenschaftskritik.
53 *Menagerie:* Herumziehende Tierschau.
Domestik: Hausangestellter.
54 *Catarakte:* Wasserfälle oder Stromschnellen, oft im Zuammenhang mit dem Nil erwähnt.
Sauerbrunnen: Kohlesäurereiches Mineralwasser, zu Heilzwecken getrunken.
Eingeweihte: Thema von Mozarts Oper sind die Stadien der Einweihung, der Anerkennung überwundener Prüfungen. Dass Casperl den Ausdruck missversteht und das Thema des Essens assoziiert, beweist seinen Materialismus.
56 *babylonische Zeitungen:* Babylon als eine der größten Städte der Antike wird hier als eine Art Presse-Zentrum verstanden.
Dejeuner: Französich Frühstück.
57 *Dult:* Mehrmals jährlich in München stattfindender Händler- und Schausteller-Markt, zu Poccis Jugendzeit nicht weit von seinem Elternhaus abgehalten.
Hanswurst: Casperl wird trotz seiner Vorstellung als der Vertreter des Typs der lustigen Figur erkannt, dem er angehört.
58 *Prosa:* Der Wechsel von gebunden und gereimter Rede zur Prosa, eine poetologisches Thema in der Zeit des Realismus, signalisiert die Austauschbarkeit der Stilebenen, hier vom hohen zum niederen Stil realistischer Alltagsprosa.
mediatisierte Prinzen: Begriff für Landesherren, die zu Anfang des 19. Jahrhunderts nach dem Ende des Römischen Reiches Deutscher Nation ihre Macht an den König abgeben mussten, Pocci verweist auf die neuen, politisch beschlossenen Rechtsverhältnisse.
59 *Austrägler:* Jemand, der im Ruhestand, d.h. im Austrag, lebt.
Freimaurer: Eine ›geschlossene‹ Gesellschaft mit sehr langer Tradition, die – weil ganz innerweltlich auf edle Gesinnung, staatsbürgerliche Freiheit und menschliches Selbstbewusstsein ausgerichtet – von der Kirche und auch immer wieder in einzelnen Staaten verfolgt wurde. In Logen organisiert, durchliefen die Angehörigen stufenweise verschiedene Vervollkommnungsgrade, wie sie auch hier von Sarastro zu Anfang des dritten Aufzuges erwähnt werden. Freimaurer erkennen einander an geheimen Sprach- und Grußsignalen, auf die Monostatist auch anspielt und die von Casperl grob missverstanden werden. Mozart gilt als Mitglied der Freimaurer, die »Zauberflöte« als an deren Ritualen orientiert.
61 *Richard Wagner:* Vgl. zu Poccis kritischer Haltung gegenüber diesem zeitgenössisch den münchner Hof beherrschenden Komponisten das Stück »Die Zaubergeige« (Werkausgabe I,4 S.129-170; Erläuterung S.216.)
62 *genre:* Französisch auch für musikalische oder literarische Gattung.
Dieß Bildniß ...: Die wohl bekannteste Arie aus dem vierten Auftritt der ersten Szene der »Zauberflöte«.
zusprechen: Einen kurzen, förmlichen Besuch machen.

63 *Es:* Tonart, auf die das Instrument nicht mehr anspricht, es versagt aus Altersgründen, ist wohl auch durch zu häufiges Spiel ausgeleiert. Mozarts Oper hat durch Wiederholungen verloren.

64 *springt … auf die Beine:* Casperl hat die Hinweise des Monostatist zu den Freimaurerritualen missverstanden; vgl. oben zu S. 59.

66 *»Annexiren«:* Nach dem oben erklärten Begriff der Mediatisierung eine weitere politisch sehr aktuelle Anspielung auf die nach dem preußisch-österreichischen Krieg von 1866 erfolgten »Erwerbungen« von Königreich Hannover, der hessischen und anderer Herzogtümer durch den preußischen König. Ein typisch peußenkritischer Ausfall des Bayern Pocci.

Karlsbader … Kissinger: Wasser aus den Badeorten, dem böhmischen Karlsbad und dem fränkischen Kissingen.

67 *Flautotraversistischer:* Casperl spielt mit dem italienischen Namen der Querflöte: Flauto traverso.

68 *Himmelszeichen:* Die Sternzeichen, durch die die Sonne geht und auf denen die Astrologie aufbaut, sind gemeint, übliche Dekoration für magische Milieus.

Schweigen: Tamino wird in der Oper dem Schweigegebot unterworfen und besteht die Probe.

69 *Perpetuum mobile:* Nach dem Energieerhaltungsgesetz eine nicht realisierbare physikalische Apparatur, deren Konstruktion – häufig als Pendel – immer wieder versucht wird. – Die anschließenden Ausführungen und das Gespräch mit Casperl lassen Sarastro vollends lächerlich erscheinen.

70 *Meister vom Stuhl:* Höchste Funktion im Bund der Freimaurer.

mein eigener Herr: Während Casperl am Anfang des Stückes sich über eine Ohrfeige als Ausdruck der persönlichen Freiheit und Zeichen des Fortschritts mokiert, besteht er hier auf diesem Vorrecht gegenüber Sarastro.

71 *Ein holder Jüngling …:* Hier stellt Pocci satirisch Mozarts Anfangsszene nach, in der Tamino von den drei Damen gefunden wird.

74 *Pappendeckel:* Beispiel romantischer Ironie, Casperl erwähnt das Material, aus dem die Figuren gemacht sind.

Maskenzug: Thomerl denkt an Verkleidungen im Fasching, der in München mit einem Umzug eingeleitet wird.

75 *Schrannentag:* Tag, an dem Getreidemarkt gehalten wird; zeitgenössisch als veraltet galt die Bedeutung von Schranne als Bank oder Tisch.

76 *gute Nacht:* Diese sehr passend der Königin der Nacht in den Mund gelegte Abschiedsrede ans Publikum ist auch ein Beispiel für die romantische Ironie.

Die Erbschaft

Quellen und Anregungen

Es handelt sich um eine theaterwirksam ausgebaute eng begrenzte, häusliche Episode und ihre Umkehr, die zu allgemein ist, um für sie ein Vorbild dingfest zu machen: Pocci zeigt, wie ambivalent sein ›Held‹ auf den ererbten Geldsegen reagiert, welche Sorgen ihm der bereitet und wie überlegen er den Verlust verschmerzt – das Ganze ist kaum mehr als ein Anlass für Wortwitz und Spielfreude in Casperls souveränem Umgang mit dem Schicksal und dem Kapital.

Worterklärungen und Erläuterungen

77 *Titel und Personen:* Zwischenspiel ist die öfter von Pocci verwendete Gattungsbezeichnung für kurze Stücke, für eine Einlage, die der Hauptdarbietung oder einem wichtigeren Ereignis, untergeordnet ist, der Begriff zeigt das Leichtgewicht an. – Notar und Polizeidiener tragen sprechend Namen, ein Feuerwehr-Commandant ist auf dem Lande eine hoch geachtete Institution.

79 *stirbt:* Ein für ein Puppenspiel seltener Einsatz mit einem Todesfall.

tröst's Gott: Redensart, die der Nennung Verstorbener hinzugefügt wird: Gott möge sie trösten.

verneglischirt: Von Französisch négliger, vernachlässigen, gehört zur Konversationssprache.

ihre Leich: Bairisch für Bestattung, Leichenbegängnis.

80 *Legat:* Vermächtnis.

Üblichkeit: Das Wort ist als Synonym für Unwohlsein belegt, changiert hier aber auch im Sinne einer üblichen Reaktion der Frauen auf Unvorhergesehenes.

81 *aufgepufft:* Ausgestopfte Teile der Kleidung, hier in der Verlängerung des Rückens gemeint.

Equipasch: Von Französisch Equipage, Kutsche.

82 *rep:* Von Lateinisch repetatur, der vorangegangene Text zwischen den Zeichen »:I:« soll wiederholt werden.

Posaun: Das Jüngste Gericht, die Wiederauferstehung ist gemeint.

83 *kuraschirter:* Von Französisch courage, Mut, ein mutiger Mann.

84 *zu ebener Erd':* Wohnung im Erdgeschoss, d.h. preiswert.

87 *Zeit der deutschen Einigkeit:* Nach dem Französischen Krieg 1870/71 wurde Deutschland unter der preußischen Kaiserkrone vereinigt und die Gesetzgebung von Berlin aus geregelt.

88 *Martirstunden:* Stunden des Martyriums, der Qual.

89 *Carbonadeln:* Rostbraten, meist ein Rippenstück.

copios: Von Lateinisch copia, die Menge: reichlich.

90 *denken:* Mit Dativ soviel wie vergüten, ironisch: heimzahlen.

Marchande de mode: Modegeschäft.

92 *Complimenter:* Ehrenbezeugungen, Begrüßungen.
Orleansstoff: Kompliziert hergestellte, glatte Baumwoll/Mohairgewebe.
94 *Affenthaler:* Beste Sorte badischen Rotweins.
96 *Chicanederie:* Von Pocci öfter wiederholte, an den Namen von Mozarts Librettisten Schikaneder angelehnte Wortverdrehung von Schikane.
97 *O du lieber Augustin:* Anfangsvers und Refrain eines weit verbreiteten Volkslieds aus Wien vom Ende des 18. Jahrhunderts.

SCHURIBURIBURISCHURIBIMBAMPUFF

Quellen und Anregungen

Das Bergwerk, in dem das Stück beginnt und endet, und der Mond, der auftritt, sind romantische Motive; doch für die Art, in der der Dichter sie hier zusammenfügt und durch beide Casperl schließlich mit seiner Grethl vereinen läßt, dürfte kaum eine Parallele oder Vorlage – außer in Poccis Kasperl-Stücken selbst – zu finden sein. Schicksal und Vermögen, Identitätszweifel und Medizinsatire wirbeln in der nur von der Person des Casperl zusammen gehaltenen Episodenreihe so bunt durcheinander, dass von einem durchgängigen »Handlungsfaden« kaum gesprochen werden kann.

Wie sich die, dem Publikum aus früheren Stücken als bekannt vorauszusetzende Figur in den diversen Situationen bewährt, macht – mit allerdings erheblicher Eintrübung durch antisemitische Stereotypen – den Hauptspaß dieses Zauberspiels aus, das wegen seiner Eigenart auch nicht vom Dichter für die Reihe der Komödienbüchlein bestimmt war. Es wurde vom Herausgeber des posthum erschienenen, letzten Bändchens aus der zweien Auflage des »Neuen Kasperl-Theaters«(1873) ausgewählt und in die Stücke der »Komödienbüchlein« eingereiht.

Er hat den Dult-Kasperl, der auch in der zweiten Auflage des »Kasperltheaters« durchgängig mit »K« geschrieben wird, zum Casperl mit dem anlautenden »C« sozusagen ›promoviert‹ (vgl. die Fußnote auf dem Titelblatt).

Worterklärungen und Erläuterungen

99 *Titel und Personen:* Der Titel klingt wie ein lautmalerischer Kinderreim, den das Publikum mit dem Casperl auch noch vor der ersten Verwandlung (vgl. S. XX) auswendig lernen kann. Der Gattungsbegriff »Zauberspiel« bezieht sich nach dem Vorbild Ferdinand Raimunds auf das Einwirken von unter- und oberirdischen Mächten, die Casperls Geschick bewirken. – Moses Goldmajer deutet auf die jüdische Abkunft des reichen Mannes; Esmeralda ist das spanische Wort für den Edelstein Smaragd.
101 *Soffite:* Bühnenhimmel, schließt im Theater dies Szene nach oben ab.
Allo: Von Französisch »allons«, gehen wir!
103 *Gouté:* Französisch für Imbiß, schweizerisch auch Abendbrot.
107 *all bot:* Dialektal belegt: immer wieder, oft.

108 *Goldmajer:* Pocci konzipiert den reichen Mann traditionell als Juden, er lässt ihn auch in der Sprache »jüdeln«.
Pexbacher: Nicht entschlüsselter Name, wohl eine Firma, bei der man – wie bei den folgenden Amerikanern – Geld anlegen kann.

116 *Transparention:* Casperl meint das Transpirieren, d.h. Schwitzen. Fremdwortverdrehungen gehören zu seinen häufigsten Wortwitzen.
Prussanteste: Das Pressanteste, d.h. Eiligste ist gemeint
moskuriert: Casperls vornehme, besonders geschraubte Sprache vermischt hier ›maskiert‹ und – zum Arzt passend – ›kuriert‹.

119 *Bon soir:* Französisch guten Abend.

120 *erratischer Block:* Findlinge, geologischer Begriff für vereinzelte Steinblöcke aus der Eiszeit.

DER GEFANGENE TURKO

Quellen und Anregungen

Auch dieses Stück wurde erst posthum in die Serie des Lustigen Komödienbüchleins eingereiht. Der Herausgeber ist für die Aufnahme verantwortlich; der Autor ließ es in der zweiten Auflage des »Neuen Kasperl-Theaters« (1873) drucken, ordnete es also der Gattung der Dult-Kasperls zu. Das Stück erinnert allerdings in vielfacher Hinsicht an eines aus den früheren Bänden, an das im zweiten Band der Komödienbüchlein abgedruckte »politische Trauerspiel« von »Casperl als Garibaldi«(vgl. Werkausgabe I,3). Pocci greift in diesen beiden Stücken mit vergleichbarer Tendenz eine aktuelle Thematik auf: Unter den Franzosen hatten im 1870/71er Krieg afrikanische Soldaten, Turkos genannt, mitgekämpft. Sie zählten zu den gefürchteten Kämpfern und den als besonders aufregend und exotisch geltenden Gefangenen: Indem Pocci seinen Casperl in dem früheren Stück in die Rolle des europaweit gefürchteten Revolutionärs Garibaldi schlüpfen und hier im Kostüm des afrikanischen Gefangenen Frucht und Schrecken verbreiten lässt, macht er sich über die Ängste seiner Mitbürger vor dem sie beunruhigenden Neuen und Fremden lustig. Casperl zieht seinen Nutzen aus dieser Furcht und auch der Dichter hat seine Freude an Schrecken und Bedrohung, die Casperl in den beiden Stücken verbreitet.

Worterklärungen und Erläuterungen

123 *Titel und Personen*

Turko: Bezeichnung der Soldaten nordafrikanischer Fußtruppen, die, mit Turban und Burnus bekleidet, ab Mitte des 19. Jahrhunderts in der französischen Armee Dienst taten, und wegen ihrer Kleidung für Türken galten; mit dem Namen verbinden sich die Vorstellungen exotischer Ferne, die Pocci auch in »Casperl in der Türkei« (Werkausgabe I/2 S. 83-95 und Erläuterungen S. 198-200) thematisiert. – *Schauderhaftes Drama:* Ironische Gattungsbezeichnung, wie schon bei dem Garibaldi-Stück, das »politisches Trauerspiel« untertitelt war.

– Die Personen tragen, wie oft bei Pocci sprechende Namen, der »blaue Bock« ist ein wiederkehrender Wirtshausname in den Stücken Poccis. –
125 *O Du lieber Augustin:* Vgl. oben zu S. 97, zu demselben Schlussgesang in »Die Erbschaft«.
bufinde: Die Veränderung der Vokale, vor allem des »e«, ist ein Kennzeichen von Casperls Versuch, sich Hochdeutsch und vornehm-getragen zu artikulieren.
126 *Insect:* Typische Verwechslung des Casperl, vor allem bei Fremdwörtern missversteht er die Bedeutung, imitiert nur die Lautung.
127 *Schröttl:* Schrotkugeln.
hirntappig: Bairisch scherzhaft für toll, unsinnig.
128 *Satisflaxion:* Casperls Missverständnis für Satisfaction, Genugtuung, der Begriff war vor allem durch das Duellwesen der Studenten aktuell.
129 *Conducteurs:* Schaffner bei der Eisenbahn.
130 o f f i c i e l l *gelogen:* Ein typischer Ausfall Poccis, gehört zu seiner Auffassung von Ämtern und Beamten, vgl. seine Satire »Der Staatshämorrhoidarius« (Werkausgabe III,1).
131 *Krautacker:* Gemüsefeld.
132 *Knödlbogen:* Nicht belegt, wohl eine lokale Ortsbezeichnung.
Zwilling: Doppelläufiges Gewehr.
Branntweinurschel: Urschel steht mundartlich für Ursula, oft als Scheltwort für eine alte Frau verwendet, hier für eine, die Schnaps ausschenkt.
136 *Halbpart:* Jeder bekommt die Hälfte.
bengalische Eisbärhühnersteige: Casperl kombiniert die frühere Verwendung des Käfigs für den Eisbär einer Tierschau mit der Enge eines Hühnerkäfigs; »bengalisch« ist im Zusammenhang mit Feuerwerken, nicht mit anderen Sensationen belegt.
139 *Schlankel:* Bairisch für Schlingel, eine nicht beleidigende Bezeichnung für jüngere Männer.

KÖNIG DROSSELBART

Quellen und Anregungen

Das Märchen der Gebrüder Grimm desselben Titels lag aufgrund von Poccis Interesse für Standesfragen, wie sie etwa in »Undine« und anderen Stücken die Handlung bestimmen, für eine Bearbeitung nahe. In dem biographischen Abriss von Hyacinth Holland wird entsprechend eine bereits früher belegte zeichnerische Beschäftigung mit dem Stoff für einen der Münchner Bilderbogen erwähnt (vgl. S. XXIV dieses Bandes). Die Ausarbeitung des Märchenstoffes war dann allerdings durch die von Holland erwähnten Krankheiten, durch »Schwindel und Übelbefinden« wenige Monate vor Poccis Tod, so weit beeinträchtigt, dass man kaum von einer intensiven Durchgestaltung reden kann: Der abrupte Schluss zeigt deutlich das Versagen der Kraft, mit der Pocci zunächst – wie immer eingreifend – den Märchenstoff zu gestalten begann: Die Geldnot des Königs und sein dadurch motiviertes Interesse an der Titelfigur als Schwiegersohn wird im Märchen nicht erwähnt; dass Pocci die Handlung derart durch Geldfragen motiviert, bestätigt noch einmal die Wichtigkeit des Finanzmotivs für den Dichter.

Den im Grimmschen Märchen namenlosen Figuren verleiht Pocci Namen. Im Falle des Spielmanns verweist er damit auf dessen geheime Identität mit der Titelfigur.

Jolindes Erziehung zu Demut und Arbeit wird durch Casperls parallele Verwandlung vom »geachteten Staatsbürger« zum Hausknecht umspielt und der krass pädagogische Impuls dank seiner Kommentare eingeschränkt.

Amüsant erscheinen die Anspielungen des ehemals hohen Theaterintendanten auf die Verhältnisse an der Hofoper.

Worterklärungen und Erläuterungen

142 *Personen:* Im Märchen sind die Figuren bis auf den Titelhelden namenlos, Pocci nennt den Spielmann und »Waldsänger« nach dem lateinischen Wort für Drossel und Amsel: Turdus und kündigt damit die zunächst geheime, später gelüftete Identität mit der Titelfigur an; im Namen der Tochter klingt das Grimmsche Märchen »Jorinde und Joringel« an. – Majordomus ist der Hausmeister bei Hofe.

144 *Marcassins:* Frischlinge, junge Wildschweine.

auf die Gant kommen: Insolvent werden, verarmen.

149 *Richard Wagner:* Pocci übte immer wieder Kritik an dem den bayerischen Hof zur Zeit Ludwigs II. beherrschenden Komponisten; Vgl. Werkausgabe I,4 S. 216)

Vogl und Nachbauer: Heinrich Vogl (1845-1900) und Franz Nachbaur(1835-1902) waren bekannte Wagnersänger am Müchner Hoftheater; als ehemaliger Hofmusik- und Hoftheaterintendant erwähnt Pocci die Bühnenstars aus der Perspektive der Puppen als durchaus gleichwertig ersetzbar. Über das Virtuosentum der Zeit macht er sich schon im Stück »Die Zaubergeige« (Werkausgabe I,3) lustig.

152 *Herr von Bär:* Ein zeitgenössisch übliche Höflichkeits- und Unterwerfungsformel, das Gegenüber zu adeln.

156 *Erkläre Dich ... Graf O e r i n d u r :* Anklang eines Zitats aus Adolph Müllners (1774-1829) zeitgenössisch viel aufgeführtem Schicksalsdrama »Die Schuld« (1813), das an einem Tag auf dem Schloss der Örindurs abläuft. Das Zitat findet sich auch in Büchmanns »Geflügelten Worten«: »Erkäret mir, Graf Oerindur,/ Diesen Zwiespalt der Natur«; es geht um die zwiespältige Haltung, jemanden vergeben und zugleich umbringen zu wollen.

Jakob Grimm: J. Grimm (1785-1863) begründete mit seinem Bruder Wilhelm die deutsche Sprach- und Literaturforschung, sammelte Märchen und begann das Deutsche Wörterbuch; 1835 veröffentlichte er die »Deutsche Mythologie«, das Fundament für die Kenntnis der germanischen Götterlehre.

Deggendorf: Name, wie auch die folgende Passau und Vilshofen, einer niederbayerischen Stadt im Donautal.

Escamoteur: Taschenspieler.
Trud: Im altdeutschen Volksglauben Unholde und Nachtgeister.
Obstlerstochter: Ein Obstler ist ein Schnaps aus Früchten bzw. jemand, der so etwas herstellt.
158 *im Verlaufe des Stückes:* Pocci durchbrach immer wieder die Theaterillusion, indem er mit Mitteln der romantischen Ironie, die Fiktion bewusst machte (vgl. auch den Casperl-Monolog zu Anfang des dritten Aufzugs).
166 *gestäupt:* Stäupen bezeichnete eine Körperstrafe, der Delinquent wurde am Pranger mit Reisigbesen geschlagen.

Editorische Notiz

Unsere Ausgabe folgt der Erstausgabe »Lustiges Komödienbüchlein« von Franz Pocci. Sechstes Bändchen. München 1877, Druck und Verlag von Ernst Stahl, nach dem Exemplar der Bayerischen Staatsbibliothek München (Rar. 388/6). Orthographie und Interpunktion des Originals wurden beibehalten. Dies gilt auch für die Handhabung der Interpunktion nach Überschriften und Szenenanweisungen. Offensichtliche Druckfehler und unbeabsichtigte Inkonsequenzen des Setzers wurden stillschweigend berichtigt. Die Fraktur der Erstausgabe wurde in Antiqua gesetzt, fremdsprachige Begriffe, die nach damaliger Konvention in Antiqua dargestellt wurden, werden kursiv wiedergegeben. Gesperrte Hervorhebungen des Originals bleiben gesperrt. Szenenanweisungen werden in grauer Schrift wiedergegeben. Die Originalillustrationen von Pocci wurden beibehalten und, soweit möglich, an dieselbe Textstelle wie in der Erstausgabe gesetzt. Auch die typographische Gestaltung wurde der Erstausgabe angeglichen. Eventuelle Zusätze der Herausgeber erfolgen in [ ].

Bibliographie

Gisela Tegeler (Hg.), Verzeichnis der Werke Franz von Poccis 1821–2006. Gesamtverzeichnis der gedruckten Schriften, Kompositionen und buchgraphischen Arbeiten Franz von Poccis auf der Grundlage der Zusammenstellung von Franz Pocci (Enkel) fortgeführt und bis 2006 vervollständigt von Manfred Nöbel†. München 2007 (Werkausgabe Abt. X, Band 1)

Für Edition und Kommentierung der Abteilung I (Dramatische Dichtungen) wurden neben dem »Deutschen Wörterbuch« von Jacob und Wilhelm Grimm und dem »Bayerischen Wörterbuch« von Johann Andreas Schmeller Konversationslexika der Pocci-Zeit konsultiert.

Außerdem:
Brüder Grimm, Kinder- und Hausmärchen. Ausgabe letzter Hand. Hg. Heinz Rölleke. 3 Bände. Stuttgart 1980
Die Märchen von Charles Perrault. Hg. Friedmar Apel. Zürich 1985 (Artemis-Bibliothek 22)
Johann Peter Hebel, Schatzkästlein des rheinischen Hausfreunds. Kritische Gesamtausgabe mit den Kalenderholzschnitten. Hg. Winfried Theis. Stuttgart 1981.
Ferdinand Raimunds sämtliche Werke in drei Teilen. Hg. Eduard Castle. Leipzig o.J. [1903]
Hugo Aust, Peter Haida und Jürgen Hein (Hgg.), Volksstück. Vom Hanswurstspiel zum sozialen Drama der Gegenwart. München 1989.

Aus der genannten Bibliographie waren besonders ergiebig:

Tankred Dorst, Geheimnis der Marionette. Mit einem Vorwort von Marcel Marceau. München 1957
Aloys Dreyer, Franz Pocci, der Dichter, Künstler und Kinderfreund. München / Leipzig 1907
Hyacinth Holland, Franz Graf Pocci. Ein Dichter- und Künstlerleben. Bamberg 1890 (Bayerische Bibliothek 3)
Kasperl Larifari. Blumenstraße 29a. Das Münchner Marionettentheater 1858–1988. Hg. Münchner Stadtmuseum u. Stadtarchiv München. München 1988
Ludwig Krafft (Hg.), Kasperl- und Gedankensprünge. München 1970.
Walter Pape, Das literarische Kinderbuch. Studien zur Entstehung und Typologie. Berlin / New York 1981
Franz Pocci, Lustiges Komödienbüchlein, Hg. von Franz Pocci (Enkel). München 1921 (Die Bücher der deutschen Meister)
Anton Riedelsheimer, Die Geschichte des J. Schmidschen Marionetten-Theaters in München von der Gründung 1858 bis zum heutigen Tage. München 1922

P. Expeditus Schmidt, Vorwort zu Franz Poccis »Sämtliche Kasperl Komödien«. München 1909

Georg Schott, Die Puppenspiele des Grafen Pocci. Ihre Quellen und ihr Stil. Frankfurt 1911 (Diss. phil. München)

Reinhard Valenta, Franz von Poccis Münchener Kulturrebellion. Alternatives Theater in der Zeit des bürgerlichen Realismus. München 1991 (Literatur aus Bayern und Österreich 4)

Franz von Pocci

Schriftsteller
Zeichner
Komponist

I. Dramatische Dichtungen
II. Kinder-, Jugend- und Volksbücher
III. Beiträge zu den »Fliegenden Blättern«
und den »Münchener Bilderbogen«
IV. Gedichte
V. Kunsttheoretische Schriften
und Korrespondenzberichte für die Tagespresse
VI. Das bildkünstlerische Werk
VII. Kompositionen
VIII. Werke aus dem Nachlass, unveröffentlichte Manuskripte
IX. Briefe
X. Nachträge, Werkverzeichnis, Register

Werkausgabe im Allitera Verlag